徳間文庫

十津川警部「初恋」

西村京太郎

目次

第一章　思い出の淵《ふち》から

1

弁護士が、突然、十津川《とつがわ》を訪ねて、捜査一課にやって来た。

十津川に差し出した名刺には、高山《たかやま》市の住所と「崎田守《さきたまもる》」の名前があった。年齢は、三十二、三歳と、いったところか。若い弁護士だった。

「岐阜《ぎふ》県の弁護士会に所属しています」

と、いってから、

「原口夕子《はらぐちゆうこ》という女性を、ご存知ですか？」

と、きいた。

「原口夕子――？」

と、聞き返してから、

「知っています」

と、肯《うなず》いた。

忘れていた青春が、ほろ苦く、甦《よみがえ》ってくる。青春の一部が、夕子という名前と、結びついていたからである。

大学時代、ヨット部に所属していた十津川は、毎年夏休みには、仲間数人と、湘《しょう》南《なん》で、合宿して過ごした。

三年の夏休みは、二ヵ月間、一般の人の家に、泊めて貰《もら》った。

七里《しちり》ヶ浜《がはま》の旧家で、広い離れがあり、その離れを借りたのである。

その家に、当時二十三歳の夕子という一人娘がいて、十津川たち全員が、彼女にいかれてしまった。その夕子は、翌年春に、さっさと結婚してしまい、十津川たちをがっかりさせたのである。

「原口夕子さんは、一週間前に、亡くなりました。突然、心臓発作で、倒れまして」

と、崎田弁護士は、いった。

「亡くなった――んですか」

「はい」

崎田が、肯いた。が、十津川は、相手の用件がわからなくて、黙って、次の言葉を待った。夕子の死は、ショックではあったが、病死では、彼の出る幕はない。

「亡くなった時、原口夕子さんは、高山で、旅館の女将《おかみ》さんをやっておられました」

と、崎田はいう。

「それは、知りませんでした。彼女には、由紀《ゆき》という娘さんがいた筈《はず》ですが」

「そうです。夕子さんは、高山の旅館を買い取り、娘の由紀さんと、二人で、経営してきたんですよ。夕子さんが女将さんで、由紀さんが、若女将というわけです。美人母娘《おやこ》ということで、有名でしてね。たちまち、高山で、一、二という繁盛する旅館になりました」

「なるほど」

「夕子さんが、亡くなった時、かなりの資産がありました。私の立ち会いで、遺言書が開かれましたが、遺産を贈る人の中に、十津川さんの名前があったのです」

「なぜ、私の名前が?」

「何でも、あなたに、夕子さんが、お世話になったことがあると、私は聞いています」

と、崎田は、いった。

「ああ、あの事件ですね」

十津川が、肯く。夕子が、誤認逮捕され、娘の由紀が、十津川に助けを求めてきたことが発端の事件だった（「江ノ電の中の目撃者」……『EF63形機関車の証言』に所収）。

「十津川さんには、三千万円の現金が、贈与されることになっています」

と、崎田は、いった。

「誠にありがたいが、私は、遠慮させて頂きたい」

と、十津川は、いった。

「権利を放棄されるんですか？」

「そうです」

「しかし、十津川さんに、大変、お世話になったので、そのお礼ということで、夕子さんは、遺言書に、あなたの名前を書かれたんだと思いますが」

「私は、刑事です。いつかのことは、刑事として仕事をしただけのことなので、そのことで、特にお礼をいわれるようなものではありません」

と、十津川は、いった。

崎田は困惑した表情になった。

「困りました」

「夕子さんは、亡くなった時、独身《ひとり》だったんですか？」

「そうなんです。娘の由紀さんと、二人だけでした」

「じゃあ、私から、由紀さんに電話して、お断わりしますよ」

十津川が、いうと、崎田は、一層、困惑の表情を強くして、

「実は、その由紀さんが、現在、行方不明で、私たちも、必死に探しているところなんですよ」

と、いった。

「どういうことなんですか？」

「私にも、わからないのですよ。何しろ、母と娘二人だけの肉親で、大変に仲のいい二人でしたからね。その母親が、突然、いなくなってしまった。ものすごいショックだったと思いますよ。けなげに、葬儀で、喪主をつとめていましたが、そのあとで、突然、いなくなってしまったんです。多分、どこか、静かな所で、じっと、悲しみを噛みしめたいと、思っているんじゃないかと、思ってはいるんですが」

崎田は、考えながら、いう。

「いなくなって、何日になるんですか？」

「今日で、四日目です」

と、崎田は、いってから、鞄の中から、三枚の写真を取り出した。

「これが、由紀さんの写真です。十津川さんは、よく、ご存知だと思いますが」

「ええ。突然、訪ねて来られた時は、びっくりしましたよ。あまりにも、母親の夕子さんに、そっくりなんで」

十津川は、その時の驚きを、思い出していた。

大学三年の夏に、十津川は初めて、原口夕子に会った。わずかに年上の夕子は、彼にとって、憧れの女性に見えたのだ。

およそ二十年ぶりに、突然、彼女が、眼の前に現われたと、思った。

人間は自分の年齢に、鈍感なものである。四十代という不惑《ふわく》の年齢になっても、自分では、いつまでも、二十代の気分でいる。

だから、二十歳《はたち》の由紀が、現われた時、二十代の夕子が、そのまま現われたと、錯覚してしまったのだ。

冷静に考えれば、そんなことのある筈がないことは、すぐ、わかる。二十年経《た》てば、十津川も、二十歳年をとるし、夕子だって、四十歳を過ぎているのである。

(人間は、時には、錯覚を、楽しみたいのかも知れない)

と、十津川は、あの時のことを思い出しながら、考える。

由紀を初めて見た時、十津川は、確かに、彼女を夕子と思った。しかし、何処《どこ》かで、冷静な自分は、そんな筈はないと、わかっていたのだ。それなのに、夕子が、二十年ぶりに現われたと思い込むことを楽しんでいたのだと思う。

十津川は、崎田弁護士のくれた三枚の写真を、机の上に並べた。

改めて、母親に、そっくりだと思う。

「由紀さんですが、ひょっとして、十津川さんを訪ねてくるかも知れないので、その時は、すぐ、私に連絡するように、いって下さい。唯一の相続人である由紀さんに、決めて頂きたいことが、沢山《たくさん》あるので」

と、崎田は、いった。

「わかりました。会ったら、必ず伝えます」

十津川が、いうと、崎田は、ほっとした顔になって、

「私は、明日一杯、東京にいることにしています。四谷《よつや》のRホテルです。何か用がありましたら、ご連絡下さい」

と、いって、帰って行った。

亀井《かめい》は、原口夕子の巻き込まれた事件を、よく知っているが、知らない若い刑事も

いる。

そんな刑事は、十津川の机をのぞき込んで、

「きれいな人ですね。警部の初恋の人ですか？」

と、茶化し気味に、いった。

「これは、その娘さんだよ」

十津川は、苦笑ぎみに、いった。

亀井には、崎田弁護士の話を、そのまま、伝えた。

彼も、あの事件には、十津川と一緒に捜査に携《たずさ》わっただけに、感慨深げだった。

「由紀さんが、行方不明というのは、気になりますね」

「それだけ、母親の死は、ショックだったんだろう。ひとりになって、考えたいという気持ちなんだと思うよ」

と、十津川は、いった。

「それにしても、三千万円の遺産というのは、大変なものですね。よほど、あの事件で、警部に感謝されていたんですよ」

「それは、本当に、嬉しかったんだが、頂く理由がないので、断わったんだがね」

「お金より、青春の思い出ですか」

と、亀井が、いう。

「そんなところだよ」

「事件の際に、確か、原口夕子さんは、湘南にいらっしゃったんですよね」

「そうだ。あの辺りの旧家の娘さんだからね」

「それが、なぜ、高山の古い旅館を買い取って、女将になっていたんですかね？」

「これも、私の推理なんだが、事件のせいで、つくづく、都会の生活が嫌になって、静かな高山へ引っ越したんじゃないかね」

「一度、美人女将を見たかったですね」

と、亀井は、いった。

「私も、彼女が、高山で、旅館の女将さんに納まっているのを知っていたら、カメさんと二人で、行ってみたかったよ」

「娘の由紀さんは、これから、どうする気なんでしょうか？　ずっと、高山で、旅館の女将をやっていくんですかね？」

「それも考えたくて、ひとりになっているんじゃないかね」

と、十津川は、いった。

翌三月十六日の朝、事件が、起きた。

午前八時過ぎ、日比谷《ひびや》公園内で、変死体が発見されたという報告を受けて、十津川班が、出動した。

有楽町《ゆうらくちょう》側の入口を入ると、池があり、池を囲んで、ベンチが置かれ、その一つに、男が俯《うつぶ》せに寝た恰好で、死んでいたのである。

首には、ロープが巻きついていた。

若い刑事が、死体をベンチから下ろして、仰向《あおむ》けにした時、十津川の表情が変わった。

(あの弁護士だ)

と、思った。

昨日、捜査一課に、十津川を訪ねて来た、崎田という弁護士に間違いなかった。

「昨日、警部を訪ねて来た弁護士さんですね」

と、亀井も、いう。

「四谷のRホテルに泊まっていると、いっていたんだがね」

「じゃあ、呼び出されたんじゃありませんか」

と、亀井が、いった。

死因は多分、絞殺だろう。

九時を回ると、有楽町で降りたサラリーマンが、続々と、公園を通り抜けて、オフィス街へ向かって、歩いて行く。

刑事たちが、池の周辺に、ロープを張りめぐらせて、ガードすることにした。

死体の所持品を調べる。

手帳には、間違いなく、高山市内の住所が、書かれていた。

弁護士の名刺。

財布には、十五、六万円が入っていた。

背広の襟元には、弁護士のバッジ。

キーホルダー。

「物盗《と》りの犯行じゃありませんね」

と、西本《にしもと》刑事が、いった。

「盗られたものが、ないからか」

「そうです」

「だが、鞄がなくなっているかも知れない」

と、十津川は、いった。

昨日、会った時、崎田は、黒の革の鞄を持っていた。それが、現場周辺に見当たらない。

十津川は三田村《みたむら》と、北条早苗《ほうじょうさなえ》の二人を呼んだ。

「すぐ、四谷のRホテルに行ってくれ」

と、いった。

被害者の首に巻きついているロープは、直径一センチほどの柔らかな紐《ひも》だった。

「マジシャンなんかが、使う紐に似ていますね」

と、亀井が、いった。

「柔らかいから、逆に、よく絞まるのかも知れないな」

と、すると、犯人は、最初から、そのつもりで、ロープを用意していたのか？

日下《くさか》刑事が、被害者の内ポケットから、二つに折れた名刺を見つけ出し、それを、広げてから、

「警部は、被害者に、名刺を渡されたんですか？」

と、十津川に、きいた。

「いや、私は、渡してないよ」

「でも、これは、警部の名刺ですよ」

と、日下が、手に持った名刺を、差し出した。

受け取ってみると、確かに、十津川の名刺だった。

「確かに私の名刺だが、昨日、この弁護士に、名刺は、渡してないんだ」

十津川は、首をかしげた。

崎田弁護士は、死んだ夕子が、遺言書の中に、三千万円を、十津川に贈ると書いていたので、それを知らせに、警視庁に来たのだと、いった。

十津川は、夕子が、「警視庁捜査一課の十津川警部に、三千万円を贈る」と書いておいたので、崎田弁護士は、まっすぐ、警視庁に訪ねてきたのだろうと、考えていたのである。

だが、崎田が、十津川の名刺を、後生大事《ごしょう》に持っていたというのは、どういうことなのだろうか。

崎田は、遺言書にあった十津川が、何処の誰かわからず、調べに来て、誰かから、十津川の名刺を見せられて、初めて、警視庁捜査一課の刑事だと知ったということなのか？

それなら、なぜ、崎田は、そのことをいわなかったのだろうか？

「あなたが、何処の何者なのか、調べるのが、大変でしたよ」

ぐらいのことは、いうのが、自然ではないのか。

それに、二年前、由紀を見て、夕子に、二十年ぶりに会ったと錯覚した時、昔と変わらぬ美しさと、優しさを感じたのである。

そんな夕子が、遺言書に、十津川の名前を書いたとしたら、きっと、警視庁捜査一課警部という説明をつけるに違いないと思うのだ。そのくらいの配慮はする筈である。

そうだとしたら、崎田の上着のポケットに入っていた十津川の名刺は、いったい何だったのだろう?

崎田弁護士に聞いてみたいのだが、彼は、殺されてしまって、話すことが出来ない。

司法解剖のために、崎田の死体は、東大病院に運ばれた。

丸《まる》の内《うち》警察署に、捜査本部が置かれたあとで、三田村と早苗の二人が、Rホテルから、戻ってきた。

「Rホテルでは、まず、被害者の借りていた部屋を見せて貰いましたが、警部のいわれた革の鞄は、見当たりませんでした」

と、三田村が、いった。

「ということは、犯人が、持ち去ったということになるのかな?」

「そのことですが、昨夜の午後七時半頃、フロント係が、崎田弁護士が、出かけるのを見ています。Rホテルは、外出時には部屋のキーをフロントに預ける方式なんですが、その時、フロント係は、崎田を見ているんです。フロント係の話では、間違いなく、黒い鞄を持っていたそうです」

「Rホテルに、チェック・インしたのは、いつなんだ？」

「昨日の午後一時に、チェック・インしています」

「捜査一課を訪ねて来たのは、午後三時頃だから、Rホテルに、いったん、入ってから、警視庁にやって来たんだな」

「そのあと、ホテルに引き返し、七時半になってまた、外出したんだと思います」

「七時半の外出は、多分、日比谷公園で、犯人に会うためだろうが、ホテルで、誰かと、連絡を取っていたんだろうか？」

と、十津川は、きいた。

北条早苗が、答える。

「外部から、Rホテルの崎田弁護士には、電話は、かかってきていませんが、彼が、午後七時半に出かける時、フロント係にキーを渡したら、彼のポケットで、携帯が、鳴り、崎田弁護士は、ホテルの外に出ながら、その携帯を受けていたそうです」

「相手が、男か女かだけでもわからないのか？」

「残念ですが、わかりません」

「崎田弁護士は、携帯も、持っていたんだな」

「そうです。鞄と同じように、犯人に奪われたんだと思われます」

と、早苗は、いった。

「他に、崎田弁護士のことで、何かわかったことがあるかね？」

十津川は、きいた。

「彼は、夕食を、午後六時に、ルームサービスをとってすませています。四千円のステーキセットと、果物です。ルームサービス係が、その夕食を運んだ時も、崎田弁護士は、携帯で、誰かと話をしていたそうです」

と、早苗は、いった。

「その電話のことは、何もわからないのか？　相手が、男か女かもわからずか？」

「ルームサービス係は、中年の女性ですが、彼女に話を聞きました。彼女は、話の内容はわからないが、相手は、女のように思うと、いっていました」

「女か」

十津川の表情が、険《けわ》しくなった。

殺された崎田は、身長一七五、六センチ、体重七二、三キロである。がっちりした身体《からだ》つきだ。そんな男をロープで、首を絞めて殺すというのは、男の腕力が必要と漠然と考えていた。

だから、犯人は、男と見ていたのである。

もし、この推理が当たっていれば、夕食の時、Rホテルの崎田にかかっていた電話は、事件とは、無関係なのか。


三月十七日の昼すぎに、司法解剖の結果が、出た。

死因は、首を絞められたことによる窒息死だが、後頭部を、鈍器で殴られた形跡があるという。犯人は、背後から殴りつけ、倒れたところを、ロープで絞めたのか。

死亡推定時刻は、三月十五日の午後九時から十時の間だった。

四谷のRホテルを出たのが、十五日の午後七時半。タクシーに乗れば、八時には、日比谷公園に着いているだろう。

そのあと、崎田は、犯人と話でもしたのだろうか。そして、一時間から二時間以内に殺されたのだ。

今のところ、十津川には、二つの動機しか考えられなかった。

高山で、旅館の女将をしていた原口夕子が病死し、その遺産をめぐってのことなのか。

もう一つは、夕子の一人娘の由紀が、行方不明になっているというから、そのことに、関係があるのか。

刑事たちは、現場周辺を、徹底的に調べたが、犯人の遺留品らしきものは、見つからなかった。

聞き込みも、成果がなかった。被害者が、現場周辺で、誰かと会っているのを見たという目撃者は、見つからなかった。

十津川は、崎田弁護士のことを、詳《くわ》しく知りたくて、彼の名刺にあった岐阜県弁護士会に電話してみた。

警視庁捜査一課の十津川と、名乗ってから、

「岐阜県弁護士会所属の崎田さんのことを、伺《うかが》いたいんですが」

と、いうと、電話に出た男は、

「今、名簿を見てみますから、ちょっと待って下さい」

と、いう。

そのまま、五、六分待たされて、

「崎田という弁護士は、いませんがねえ」

と、いう。

「崎田守という三十二、三歳の若い弁護士さんなんですがねえ」

「崎田守も何も、崎田という弁護士が、うちの弁護士会にいないんですよ」

と、相手は、いった。

「おかしいな。弁護士バッジをつけていたし、岐阜県弁護士会所属の名刺も貰ったんですがね」

十津川が、きく。

「それは、ニセのバッジと名刺だと思いますよ。とにかく、うちの弁護士会に、崎田守という弁護士はおりませんから」

と、いう。

それでも、十津川は、半信半疑で、

「実は、三月十五日の夜、東京で、この名刺の弁護士が殺されているのです。住所は、高山市内で、岐阜県弁護士会に所属しているのですが、そちらにも、知らせは、入っていませんか？」

と、念を押した。

「そんな知らせは、全く入っていませんね」

相手は、そっけなく、いった。

嘘《うそ》をついている感じはしなかった。

十津川は、電話を切った。

「崎田守という弁護士は、実在しないというんですか?」

亀井が、きいた。

十津川は、崎田のくれた名刺を、指で叩きながら、

「この岐阜県弁護士会に、電話したんだが、崎田守という弁護士は、いないといってるんだよ」

「所属弁護士会を、最近になって、変わったということはないんですか?」

と、亀井が、きく。

「そうだとしても、前に、自分の所にいた弁護士だよ。知らないとはいわんだろうし、崎田が、殺されたことは、同じ弁護士仲間として、全く知らないというのは、おかしいじゃないか」

「それで、警部は、どう考えられたんですか?」

「崎田という男は、ニセ弁護士——と、これは、岐阜県弁護士会が、いってるんだがね」

と、十津川は、いった。

「じゃあ、バッジも、その名刺も、ニセモノということですか？」

「そうなってくるね」

「何のために、あの男は、ニセの弁護士になりすまして、捜査一課に、警部を訪ねて来たんでしょう？」

亀井が、きく。

「わからんね、ニセ弁護士だとなると、三千万円の遺産分与の話も、嘘くさくなってくるね」

と、十津川は、笑った。

「しかし、なぜ、そんな嘘話を、でっちあげて、わざわざ、警部のところまで、持ち込んだんでしょう？」

「それも、わからない。或《ある》いは、原口夕子が死んだというのだけは、本当かも知れない。どんな嘘つきでも、人の生死については、あまり、嘘はつかないというからね」

「高山へ行ってみませんか。高山へ行けば、何かわかるかも知れませんよ」

と、亀井は、いった。

確かに、亀井のいう通りかも知れなかった。崎田守という男は、東京で殺されたが、事件の根は、高山にあるのかも知れなかった。

十津川は、すぐ、東京を出発することにした。

新幹線で、名古屋《なごや》まで行き、高山本線に乗りかえて、高山に向かった。

2

十津川が、高山の町を訪ねるのは、二度目である。前に来たのは、紅葉の季節だった。

高山駅でおりると、さすがに、東京に比べて、空気が、ひんやりと、冷めたかった。

二人は、駅の構内で、高山市内の地図を買った。原口夕子と娘の由紀でやっていた原口旅館というのは、市内を流れる宮川《みやがわ》沿いにあった。

歩いても、十分くらいで、着くとあるので、二人は、歩くことにした。

メインストリートの国分寺《こくぶんじ》通りを、宮川に向かって歩いて行く。

飛驒《ひだ》の小京都といわれるだけに、前に来た時と同じように、落ち着いた雰囲気の町並みだった。

宮川にかかる朱塗りの鍛冶橋《かじばし》を渡る。

この辺りが、伝統的な建物を保存しようという地区で、いわゆる高山三町と呼ばれている。

通りの右側が、上一之町《かみいちのまち》から、上三之町。左側は、下《しも》一之町から、下三之町まで、それで、高山三町である。

この中の上三之町が、よく写真に出てくる通りで、江戸時代の面影を残す建物が、そのまま残されていて、一番観光客の姿の多いところだった。

原口旅館は、上三之町に近く、宮川に面した場所にあった。

直接、訪ねる前に、二人は、近くの喫茶店に入った。

この店も、周囲の景観に合わせたのか、アンティークな造りになっていた。

二人は、カウンターに向かって腰をおろし、コーヒーを注文してから、中年のママに、

「前に来た時、向こうの原口旅館に泊まったんだが、最近、不幸が、あったんだってね」

と、話しかけた。

ママは、コーヒーを立てながら、

「そうなんですよ。九日前でしたかねえ。あそこの若女将が、突然、亡くなりまして

ね」

と、声をひそめて、いう。

「若女将って、亡くなったのは、母親の夕子さんの方じゃないんですか？」

十津川は、首をかしげて、きいた。

ママは、小さく手を振って、

「娘さんの方ですよ。まだ二十代で、きれいな娘さんでしたのにねえ」

「じゃあ、お母さんの夕子さんの方は、元気にしているんですね？」

「ええ。親より先に死ぬほどの親不孝はないっていうじゃありませんか。残された女将さんが、お気の毒で。親一人、子一人と聞いていますからねえ」

と、ママは、いい、出来あがったコーヒーを、二人の前に置いた。

「じゃあ、夕子さんは、今も、女将さんとして、あの旅館を切り盛りしているんですね」

「それが、今いったように、一人娘の急死が、よほど応《こた》えたんでしょうね。ふっと、ひとりで、旅行にでも行かれたみたいで、原口旅館は、休業中の筈なんですよ」

と、ママは、いった。

「カメさん。ちょっと――」

と、十津川は、コーヒーを持って、カウンターを離れると、奥のテーブルに移動した。

亀井も、移りながら、

「どうなっているんですかね？」

と、きいた。

「よくわからないが、殺された男は、いろいろと、嘘をついていたことになるな」

「なぜ、そんな嘘をついたんですかね。調べれば、すぐわかってしまうことなのに」

と、亀井は、眉を寄せた。

「確かに、そうなんだがね」

「崎田というのも、おかしな男じゃありませんか。嘘ばっかり、警部についたあげくに、殺されてしまったんですから」

と、亀井は、いった。

「彼は、嘘をついたために、殺されたのかね？　それとも、私に会いに上京したために、殺されたんだろうか？」

十津川は、自問するように、いった。

「崎田の住所を訪ねてみれば、何か、答えが、見つかるかも知れませんが、その住所も、でたらめかもわかりませんよ」

と、亀井は、いう。

十津川は、もう一度、店のママに、崎田の名刺にあった住所について、聞いてみた。

「ここから、どのくらいかかるのかね？」

「花見町《はなみ》といったら、駅の近くですけどねえ」

と、ママは、いってから、首をかしげて、

「でも、こんな番地はないと思いますよ」

ママは、大きな地図を広げて、調べてくれてから、

「やっぱり、花見町に、こんな番地は、ありませんよ」

と、いった。

十津川は、ぶぜんとした顔になった。崎田という男のことは、でたらめが、多すぎるのだ。

今日は、この高山の町に一泊することにして、店のママに、旅館を紹介して貰った。

礼をいって、店を出ると、いつの間にか、白い粉雪が、舞っていた。

「びっくりしたね」

と、十津川は、空を見上げた。

風も強くなって、路地に入ると、まともに、粉雪が、顔に吹きつけてくる。

例の上三之町の通りも、観光客が、消えてしまって、雪だけが、舞っていた。

二人は、身体を倒すようにして、喫茶店のママが、紹介してくれた旅館に向かって歩いて行った。

町の東の、郷土館の近くにある旅館だった。旅館に入ってから、二人は、はっとして、手をこすり合わせた。

部屋に案内されてから、すぐ、風呂に入って、身体を温めた。

部屋に戻り、茶菓子を運んでくれた仲居に、原口旅館のことを聞いた。

「あそこの若女将が、急死したと聞いたんだが、本当なの？」

「本当なんですよ。女将と二人、美人母娘というので、評判だっただけに、びっくりしましたよ」

「女将さんも、行方不明になってるんだってね」

「ええ。一人娘が、亡くなったんで、女将さんは、ものすごく落胆したんでしょうね。ひとりで考えたいといって、いなくなったみたいですよ」

と、仲居は、いった。

「とすると、女将さんが、いつ家に戻ってくるか、わからないといったところかね？」

「そうですよ。それに戻って来ても、女将さんは、旅館の仕事が、手につかないでしょうね」

「旅館は、はやっていたみたいだね？」

と、亀井が、きいた。

「ええ。はやってましたよ。テレビで、美人の女将二人ということで、取り上げられたのも、大きかったと思いますよ」

と、仲居は、いった。

「女将さんも、娘の若女将も、独身《ひとり》だったみたいだね？」

十津川が、きいた。

「ええ」

「しかし、美人の母娘なんだから、いろいろと、噂《うわさ》は、あったんじゃないの？」

「かも知れませんけど、私は、存知ません」

仲居は、急に、用心深く口をつぐんでしまった。

彼女が、消えてしまうと、十津川は、持って来た三枚の写真をテーブルに並べた。

殺された崎田が置いていった、由紀の写真である。

崎田は、行方がわからない由紀が、もし、十津川に連絡してきたら、自分に連絡するように、説得してくれといったのである。

だが、実際には、由紀は死んでいて、失踪しているのは、母親の夕子の方なのだ。

「あの男が、錯乱していたんでしょうか？」

と、亀井が、いった。

「錯乱？」

「例えば、彼が、原口由紀を好きだったとします。彼は三十歳くらい、彼女は二十代でしょう。それに美人ですから、彼が、彼女に惚《ほ》れていたとしても、おかしくはありません」

「それで？」

「それに、あの男は、ニセ弁護士になりすまして、警視庁を訪ねてくるような、エキセントリックなところがあります。そんな男ですから、由紀に対する愛情に、狂的なものがあっても、おかしくはありません。その由紀が、突然死んでしまい、そのため、彼は、錯乱状態に落ちてしまったんじゃありませんか」

と、亀井が、いう。

「面白いよ。続けてくれ」

と、十津川は、先を促《うなが》した。

「崎田は、錯乱状態になってしまっていた。それも、愛する者が、急死しての錯乱状態です。それに、人間には、愛する者の死を信じたくないという気持ちが働くものです。もう一つ、由紀は、母親の夕子に、そっくりです。それを重ね合わせてみると、崎田は、錯乱して、死んだのは、由紀ではなく、母親の夕子の方だと思い込み、自分が愛している由紀は、失踪していると、思い込んでしまったんじゃないでしょうか」

「なるほど」

「だから、崎田は、由紀は、何処にいるのかと、聞いて廻った。もちろん、まわりの人間は、由紀は死んだといいます。それを、崎田は、逆に自分を欺《だま》しているんだと思い込んでしまう。よくある話です、思い込みというのはね。そこで、警察に、由紀を探して貰おうと考えて、ニセの弁護士になりすまし、捜査一課にやって来た。誰かから警部と原口夕子さん、由紀さんの関係を聞いたんでしょう。その人から、警部の名刺も貰ったんだと思いますね。それをかくして、われわれに、原口由紀を探させようとしたんだと思います」

「そこまでは、カメさんのいうことは、納得できるが、その崎田が、なぜ、殺されてしまったんだろう?」

十津川が、質問する。

「そこまでは、わかりませんが、崎田の錯乱が、原因かも知れません」

と、亀井は、いった。

「つまり、崎田が、錯乱して、由紀が、まだ生きていると思い込み、ニセ弁護士になりすまして、警察に駆け込んだりする。そのことに、迷惑を受ける人間が、崎田を殺したというのかね？」

「そうです。第三者は、崎田の錯乱を面白がるかも知れませんが、崎田の周囲の人間は、大迷惑じゃないかと思うのです。これ以上、迷惑をかけられては、たまったものではないと思って、殺したということは、充分に考えられます。それも、電話で呼び出して、説得したのだが、全く、聞き入れない。それどころか、ますます、錯乱状態が激しくなりそうなので、止《や》むなく、殺したということだと思うのですが」

と、亀井は、いった。

「鞄と携帯電話は、犯人が奪っていったということになるね？」

「そうです」

「携帯を奪った理由は、わかるんだよ。リダイアルなどで、直前に電話した相手がわかってしまうことが考えられるからね。しかし、鞄を奪ったのは、何のためだろう？」

「当然、その中に、犯人にとって、都合の悪いものが入っていたからだと思います」

と、亀井は、いった。

「具体的に、どんなものかということは、わからないか？」

「そこまでは、ちょっと、わかりません」

と、亀井は、いった。

3

十津川は、夢を見た。

夢の中で、彼は、大学生に戻っていた。夏の海で、十津川は、夕子と二人で、ヨットに乗っていた。

夢の中に、夕子が出て来たのは、久しぶりだった。

「このまま、アメリカまで行きましょうよ」

と、夕子が、いう。

とたんに、海が荒れ始めて、ヨットは、木の葉のようにゆれる。

　夕子が、悲鳴をあげる。十津川は、それを必死で助けようとするのだが、眼の前が、波と風でかすんでしまい、夕子の姿が、見えなくなってしまう。

　眼ざめた時、十津川は、なぜ、こんな夢を見たのだろうかと悩んだ。

　娘の由紀が死んで、夕子は、苦悩し、失踪してしまった。その事実が、こんな夢を見させたのかも知れない。

　朝食の時、十津川は、ふとその夢の話を、亀井にした。

「ここ何年も、夕子の夢を見たことがなかったんだよ」

「初恋なんて、そんなものでしょう。何かなければ、思い出しませんからね」

　亀井は、悟ったように、いった。

「カメさんでも、そうかね？」

「私の初恋は、中学三年の時ですが、相手の名前は覚えていても、どんな顔だったか、記憶が頼りないんです」

　と、亀井は、笑った。

　朝食をすませてから、二人は旅館を出て、上三之町を歩く。

　陽が当たっているのだが、昨日と同じように、ふいに曇って、粉雪が舞う。そんな不安定な天気だった。

それでも、観光客が、沢山来ていた。

それが、粉雪が舞ってくると、あわてて近くの建物に、駆け込むのだ。

その光景が、おかしかった。

二人は、上三之町を通って、川岸の原口旅館に近づいた。

今日も、表は閉まっていて、臨時休業の札が、かかっている。

今日は、二人は、中に入り、警察手帳を見せた。
四十五、六歳の男が出て来て、「三枝康之《さえぐさやすゆき》」という名刺を見せた。
原口夕子の叔父だという。

三枝は、二人を二階の座敷に案内して、

「夕子のことで、いらっしゃったんですか？」

と、きく。

「まだ、夕子さんの居所は、わからないんですか？」

十津川が、きいた。

「いえ。だいたいの想像はついていますし、電話もあったんです。二、三日したら戻ると、いっていましたので、これは、警察沙汰ではないんですよ。私どもも、失踪届なんかは、出しておりませんから」

と、三枝は、いった。

十津川は、小さく首を横にふって、

「実は、他のことで、今日は、伺ったんです」

「何のことでしょうか？」

「この人を、ご存知ですか？」

十津川は、崎田の名刺を、三枝に見せた。

三枝は、ちらっと見て、

「弁護士さんですか。心当たりはありませんが」

「これが、似顔絵なんですがね」

と、十津川は今度は、崎田の似顔絵を見せた。

「どうも、見覚えがありませんねえ。申しわけないが」

三枝は、いう。

「本当に、見覚えがありませんか？」

「この人が、何かしたんですか？」

「東京で、三月十五日に、殺されました」

「殺された――」

「そうです」

「しかし、私どもと、どんな関係があるんですか？」

「この人は、警視庁捜査一課を訪ねて来ましてね。原口夕子さんが、死んだと、いうのです」

十津川が、いうと、三枝は、眼を大きくして、

「死んだのは、娘の由紀の方ですよ」

と、大きな声を出した。

「そうらしいですね。しかし、この人は、夕子さんが死んだという。娘の由紀さんが、いなくなったので、探してくれみたいなことを、いっていました」

「おかしいな。なぜ、そんなでたらめをいったんですかね」

「もう一つ、遺産のこともいっていましたね。夕子さんが、死んだので、遺産のことが、問題になっているみたいなことをです」

「それも、おかしいですね。夕子は、死んでないんだから、遺産問題なんか起きる筈がないんですよ。この人は、本当に、弁護士なんですか？」

「さあ、それは、わかりませんが――」

十津川は、あいまいな表情をした。

そのあと、彼は、三枝の名刺に眼を落として、

「経営コンサルタントをされているんですか？」

「ええ。事務所は駅近くにあります」

「では、この原口旅館の経営についても、相談を受けていらっしゃるわけですね」

「親戚なので、タダですがね」

と、三枝は、笑った。

十津川は、亀井を促して、いったん、外へ出たが、旅館の目の前にある喫茶店に入った。

窓際に腰をおろし、コーヒーを置いて、亀井と、じっと、原口旅館を見張った。

昼になって、旅館から、仲居と思える三十五、六歳の女が、出て来た。

彼女は、傍《そば》の食堂に入って行く。

十津川と亀井も、喫茶店を出ると、その食堂に入った。

さっきの女は、奥で、昼の定食を食べている。

十津川は、彼女の傍に腰をおろして、警察手帳を見せた。

彼女が、別に驚いた顔を見せないのは、さっき、何処かで、十津川たちを見ていたのだろう。

やはり、仲居で、名前は、江口《えぐち》さと子だという。

「この人を見たことがないか、聞きたいんだけど」

と、十津川が、崎田の似顔絵を見せた。

江口さと子は、じっと、それを見つめていたが、

「何回か、見ましたよ」

と、いった。

「原口旅館に訪ねてきた？」

「二回ぐらい泊まったのかな。それから、由紀さんが亡くなった直後に訪ねて見えました。葬儀の日に」

と、さと子は、いった。

「それで？」

「それだけですよ。何か女将さんと話していたみたいだけど、何を話していたのかは、わかりません」

「そのあと、女将さんは、失踪したんですね」

「ええ。でも、三枝さんは、二、三日したら、帰ってくるといってるから、心配はしてませんけどね」

「この人の名前は、知っていますか?」

と、十津川は、似顔絵の男のことを、きいた。

「崎田さんでしょう。その名前で、お泊まりになってましたから」

と、さと子は、いう。

「住所も知っていますか?」

「ええ。宿帳にお書きになった住所は、確か、神奈川《かながわ》県逗子《ずし》市だったと思います」

「逗子?」

「ええ」

逗子ならば湘南だ。とすると、この高山に来る前の夕子、由紀の母娘を知っていたのではないのか。

「逗子の何処か、詳しい住所を知らないですかね」

「この崎田さんが、どうかしたんですか?」

と、さと子が、きく。

「東京で、殺されました。私たちは、その捜査をしているんです」

「それなら、宿帳を調べてみます」

と、さと子は、約束してくれた。

彼女が旅館に戻ったあと、十津川と亀井は、その食堂で、昼食をとりながら、待った。

三十分ほどして、十津川の携帯が、鳴った。

江口さと子からで、

「宿帳には、逗子市小坪《こつぼ》×丁目、ロイヤル逗子408号室と書いてあります」

と、教えてくれた。

「行ってみよう」

と、十津川は、すぐ、亀井に、いった。

その日のうちに、二人は、高山本線に乗った。

名古屋から、新幹線に乗りかえる。

新横浜からは、タクシーに乗った。

逗子で、ロイヤル逗子というマンションを探した。

見つかったのは、八階建のマンションだった。

管理人に、二人は、408号室の崎田について、きいてみた。

「ここ二、三日は、お留守ですよ」

と、管理人は、いう。

「実は、崎田さんは、東京で、十五日に殺されました」

十津川が、いうと、

「じゃあ、新聞に出ていた崎田守というのは、やはりあの人だったんですか。かも知れないとは、思ったんですけど、弁護士というので、別人だと思ったんです」

管理人は、ショックを隠し切れぬ顔をしている。

「本当は、何をしている人なんですか？」

と、亀井が、きいた。

「いろんなことをなさってるみたいですよ」

「いろんなことって？」

「雑誌に、旅行案内の記事を書いたり、玩具メーカーに、新しい玩具の設計をして見せたりしているみたいですけど」

「408号室を見せて貰えませんか」

と、十津川は、いった。

管理人の案内で、408号室を、開けて貰う。

2DKの部屋だった。

「崎田さんは、独身だったんですか？」

室内を見廻しながら、十津川は、管理人に、きいてみた。

「そうだと思いますよ」

と、管理人が、答える。

壁に、原口由紀の写真が、パネルにして、飾ってあった。

七里ヶ浜の原口夕子の家の前で、撮《と》った写真もあった。

(あの家だ)

と、思った。

そこには、夕子と、由紀の母娘が、写っていた。

水着姿の由紀と、崎田が、二人で写っている写真もあった。

崎田が、ボードを持っているから、サーフィンにでも行った時のものだろう。

十津川は、ふと、自分の二十年前を思い出した。

その時、十津川と一緒に写っていたのは、二十代の夕子だった。

「崎田は、やはり、原口由紀を愛していたんですかね」

と、亀井が、いった。

「そうだろうね」

「彼女の方は、どうだったんですかね」

「これを見ろよ」

と、十津川は、他のパネルを、指さした。

そこには、何処か、外国の風景の中にいる二人が写っていた。

どうやら、ハワイか、グアムか。二人で、外国へ行くくらいの親しさが、あったのだろう。

「二人が、愛し合っていたとすれば、突然の彼女の病死で、崎田が、錯乱状態になっても、おかしくはありませんよ」

と、亀井は、いった。

「そして、由紀の死を、どうしても、信じられなかったということだな」

と、亀井は、肯いてから、

「そうですよ」

「高山へ行って、由紀が死んだといわれても、崎田は、嘘をつかれていると思ったんでしょうね。自分との仲を裂こうとしていると受け取ったのかも知れません」

と、いった。

机の引出しから、名刺ホルダーが、見つかった。

十津川は、そのページを繰《く》っていたが、

「この人は、知っている」

と、一枚の名刺を指さした。

〈T出版・編集部長　井之口信也《いのくちしんや》〉

と、いう名刺だった。

「ここから出ている週刊誌のインタビューを受けたことがあってね。その時、この人と会ったんだ」

「名刺も、交換されたんですか？」

「交換したと思う」

「とすると、崎田は、この人から、警部の名刺を貰ったんじゃありませんか」

と、亀井は、いった。

十津川は、その場で、井之口に、電話をかけた。

「十津川です」

と、いってから、

「崎田守という男を、ご存知ですか？」

「ええ、もちろん。つい先日、会ったばかりですよ。十二日だったと思います」

「井之口さんを訪ねて来たんですか？」

「そうです。前から、うちの雑誌に、旅行記をのせて貰っていたので、知っていましたがね」

「何の用で、井之口さんを訪ねて来たんですか」

「警察に知り合いがいたら、教えてくれというのですよ」

「それで、私の名刺を渡した？」

「ええ。どうしても、あなたの名刺を貸してくれといわれたのでね」

「崎田とは、その時、どんな話をされたんですか？」

と、十津川は、きいた。

「うちの週刊誌とのインタビューで、十津川さんは、初恋の話をされたでしょう。崎田さんが、どんな刑事かと聞くので、あの話をしましたよ。いけませんでしたか？」

と、井之口が、きいた。

「いや、構いませんよ。七里ヶ浜の原口夕子さんのことを、崎田守に、話したんですね？」

「そうです」

「崎田の反応はどうでした？」

「びっくりしていましたよ。きっと、お固い刑事にも、そんな初恋があるのかと、驚いたんじゃありませんかね」

と、井之口は、いった。

（それは違う）

と、十津川は、思った。

崎田は、紹介された警部の初恋の相手が、自分の愛している由紀の母親だったということに、びっくりしたに違いないのだ。

だが、そのことは、井之口には、いわなかった。

「崎田守が、十五日に、日比谷公園で殺されたことは、ご存知ですか？」

と、十津川は、きいた。

「あれは、やっぱり、同一人物だったんですか」

「そうです」

「しかし、なぜ、弁護士なんて、嘘をついていたんですかね？」

「われわれも、それを知りたいと思っているんです」

と、十津川は、いった。

更《さら》に、室内を探したが、崎田を殺した犯人につながるようなものは見つからなかった。

十津川と亀井は、管理人に断わって、名刺ホルダーだけを持って、東京に帰った。

捜査本部に入ると、十津川は、三上《みかみ》捜査本部長に、調べたことを報告した。

「三枝という経営コンサルタントは、明らかに、嘘をついています。この名刺ホルダーの中に、彼の名刺も入っていますから、崎田と、名刺を交換しているんです。それなのに、崎田のことは、全く知らないといいました」

と、十津川は、いった。

「すると、この三枝という男が、崎田を殺したと思うのかね？」

三上が、きく。

「容疑者の一人ではありますが、三枝が、犯人とすると、動機がわかりません。崎田が、錯乱して、死んだ由紀を、まだ生きていると信じて、探しているとしても、だからといって、崎田を、殺す必要はないと思うのです。由紀が死んだことは、すぐわかりますから」

「崎田が、弁護士に化けたことは、殺す動機にはならないかね？」

と、三上が、きいた。

「それは、崎田が、笑われるだけで、三枝にとっては、痛くも痒《かゆ》くもなかったと思います」

「夕子は、どうなんだ？」

と、三上が、きいた。

「夕子ですか――？」

十津川は、一瞬、殴られたような気になった。夕子を、容疑者の一人と考えたことは、一度もなかったからである。

「そうだよ。もし、夕子が、娘の由紀と、崎田がつき合うのに、反対していたら、二人は、憎み合っていたかも知れんじゃないか。殺す動機は、十分にあると思わないかね？」

「しかし、崎田が殺されたのは、由紀が病死したあとですが」

「母親というのは、自分の子供に対して、動物的な愛情を示すものだからね。由紀が病死したのも、崎田のせいだと思い込んでいたかも知れんよ」

と、三上は、いった。

第二章　二十年

1

捜査本部の十津川に、電話があった。

電話を取った西本が、

「警部へです。女性ですが、名前をいいません」

と、いった。

十津川が、受話器を取った。

「十津川ですが――」

「私です」

と、女の声が、いった。

その声が、というより、遠慮がちないい方に、十津川は、

「夕子さんですね。今、何処《どこ》です？」

と、きいた。

「私のことは、放っておいて頂きたいんです」

と、女の声が、いう。

「そうはいきません。殺人事件が、絡《から》んで来ていますから。殺された崎田守さんを、知っていますか？」

「いいえ」

「とにかく、お話を聞きたいんです。会って下さい」

と、十津川は、いった。

「私は、何の関係もありません。ですから、探さないで下さい。それだけ、申し上げたかったんです」

「もしもし」

と、呼びかけたが、すでに、電話は、切れてしまっていた。

一一〇番は、向こうが切っても、つながったままになっているが、ここの電話は、そうはなっていない。

ただ、自動的に、録音されるようにはなっていた。

十津川は、テープを回して、短いやりとりを聞いてみた。

亀井刑事が、やって来て、一緒に耳を傾ける。

「原口夕子さんに、間違いありませんか？」

と、亀井が、きく。

「ああ。間違いなく、彼女だった」

「その彼女が、わざわざ、警部に電話してきたというのは、どういうことなんですかね？　誰かに、脅《おど》かされてということでしょうか？」

「いや、夕子さんという人は、脅かされて何かするような人じゃないんだ。だから、自分の意志で、電話して来たんだと思うよ」

と、十津川は、いった。

「つまり、これは、夕子さんの本音だというわけですか？」

「そうだろう」

「放っておいてくれというのは、どういうことなんですかね？　自分のことを、探さないでくれということなのか、それとも、殺された崎田守の事件を、いろいろと、調べないで欲しいということなのか」

「私は、これは、殺人事件の捜査だから、放っておくことは、出来ないと、いったんだがね。どうも、彼女は、電話を切ってしまったらしい」

と、十津川は、いった。

「まさか、崎田殺しに、夕子さんが関係しているなんてことはないでしょうね」

亀井が、心配そうに、いう。

「私は、ないと思いたいが、私に、わざわざ電話してきたところをみると、何らかの関係があるのかも知れないな」

と、十津川は、いった。

初恋というのは、不思議なものだと思う。

その後、ずっと、つき合っていれば、彼女のいい面、悪い面の両面を見ることが出来るのだが、初恋の相手というのは、どうしても、甘い追憶のベールを通して、見てしまう。

それは、願望が、入ってしまうからに違いない。

初恋の思い出は、美しくあって欲しいという願望である。

夕子とは、その後、事件で関わっているのだが、この願望だけは変わっていなかった。

刑事としては、避けなければいけない感情である。

特に今度のように、彼女が事件の関係者と思われる時にはである。

湘南《しょうなん》の海で、夕子と初めて知り合ってから、二十年以上が過ぎているのだ。

十津川自身、四十代になっている。その間に、いい意味でも悪い意味でも、大人になっている。

夕子だって、当たり前の話だが、同じように、二十年以上が経過しているのである。

多分、女性の夕子の方が、その変化は激しかったに違いない。

十津川の、夕子に対する感情は、屈折している。それは、負い目のせいだった。

夕子が、夫殺しの容疑で、神奈川県警に連行された。助けて下さいと、娘の由紀が、手紙を書いてきた。

それが、初恋の相手、夕子と再会した最初だった。

いや、正確にいえば、この時、夕子とは、会っていない。

会ったのは、由紀の方だった。

由紀は、十津川の思い出の中の初恋の相手、夕子に、そっくりだった。

そのことが、あの時、十津川の理性を狂わせてしまったというより仕方がない。

自信満々に、神奈川県警の誤認逮捕を指摘し、まるで、お姫様を助けた白馬の騎士気取りだったのだが、その後、夕子が、十津川の甘い初恋の感情を利用しているのではないかという疑心暗鬼に落ちてしまった。

そして、甘く見られてたまるかという思いに支配された。

そうなると、今度は、夕子を追及する眼になってしまったのだ。

結局、夕子は、夫殺しを自供して、十津川は、やっぱりかと、苦い思いで、この事件から手を引いたのだった。

しかし、一度でも、この時、夕子に会っていたら、真相がわかった筈《はず》だったのである。十津川を利用しようとしたのではなかったのである。

それなのに、十津川は、あの時、夕子と直接会わず、決めつけてしまったのだ。

このあと、一ヵ月して、真犯人が、アメリカから帰国して、自供し、夕子は釈放された。

この真犯人は、殺された夫の友人で、同時に娘の命の恩人だった。由紀が、まだ六歳の時、湘南の海で、溺《おぼ》れかけ、それを、助けられたのである。

その時も、彼は、夫の親友だったのだが、この事件のあと、二人の関係が、少し、ぎくしゃくし始めたという。

娘の由紀が、父親でなく、その友人の方に甘えるようになったことへの、父親としての嫉妬だったと思われた。

もともと、夕子の夫は、典型的な仕事第一の生まじめな男だったという。

惨劇のあった日、逮捕後の犯人の自白によれば、この時、彼は、友人に対して、もう少し、家族を大事にしたらどうだと忠告した。

夕子の夫は、その一言《ひとこと》で、カッとし、ケンカになり、その結果、親友に殺されてしまった。

今回は、一人娘の由紀が病死したり、彼女と何らかの関係があったと思われる崎田守という男が、殺されている。

何かどろどろとしたものが、想像される。夕子は、その中の当事者の一人である。

それなのに、なぜか、十津川の頭の中の夕子は、二十年も前の湘南の海で、明るく笑っている二十代の彼女なのだ。

「どうも、まずいな」

と、十津川が、声に出して、いった。

「何がですか？」

と、亀井が、きく。

から」

「甘くなっている自分がさ」

「仕方がありませんよ。私なんか、昔知っている女性に、いいように利用されましたから」

亀井が、苦笑する。

十津川もその事件のことを思い出して、

「ああ、あの事件か」

「私は、大いに反省しましたが――」

「欺《だま》されるのも、カメさんのいいところさ」

「そのお言葉は、そのまま、警部にお返ししますよ」

と、亀井は、笑った。

十津川は、自分の思いを断ち切るように、西本刑事たちに向かって、

「崎田守のことで、何か、聞き込みで得られた情報があったか？」

と、声をかけた。

2

西本が、自分の手帳を広げて、

「現場の日比谷公園周辺で、聞き込みを続けていますが、何しろ、あんな場所ですから、事件の関係者か、関係している車かの判断がつかないのです。そんな中で、気になる車が、一台、浮かび上がってきています」

と、いった。

「どんな車だ？」

「外車で、シルバーのクーペタイプらしいのですが、この車が、引っかかるのです。崎田守が、日比谷公園で殺されたのは、三月十五日の午後九時から十時の間ですが、丁度《ちょうど》、その頃、その車が、公園横の大通りに、駐《と》まっていたというのです」

「しかし、公園横の通りに駐めている車は、かなりの数があるだろうが」

と、亀井が、いった。

「それはそうですが、その車が、東京のナンバーではなく、飛騨《ひだ》ナンバーだったというのです。正確なナンバーはわかりませんが、目撃者は、飛騨ナンバーということは、はっきり覚えているといっています。というのは、この目撃者は、飛騨の出身で、なつかしかったんだそうです」

「それで、その車に乗っていた人間も見ているのか？」

と、十津川が、きいた。

「いや、乗っている人間は見ていません」

「その車なんですが」

と、西本とコンビを組んでいる日下刑事が、いった。

「目撃者と話した結果、この車らしいのです」

日下は、一枚の写真を、示した。

「ＢＭＷのクーペか」

「そうです。ＢＭＷは、フロントグリルに特徴があります。目撃者は、このフロントグリルに間違いないと、いっています」

「警部」

と、亀井が、小声で、十津川を見た。

「ああ。向こうの陸運局に電話して、原口夕子の車のことを聞いてみてくれ」

と、十津川は、いった。

すぐ、電話で問い合わせていたが、亀井は、

「間違いありません。原口夕子所有の車は、ＢＭＷのクーペタイプだそうです」

と、いった。

「だからといって、彼女の車と断定は出来ないんだが――」

「その通りです。まだ、原口夕子さんの車と決まったわけじゃありません」

と、亀井も、いった。

十津川は、苦笑して、

「殺人事件なんだ。私に、気兼ねなんかしないでくれ」

と、いった。

また捜査本部の電話が鳴った。女性だというので、また、夕子からかと思い、十津川は、受話器を取り、

「夕子さん？」

と、呼びかけると、相手は、

「え？」

聞き返してから、

「私は、伊東《いとう》はるみといいますけど」

「今度の事件のことで、何か、われわれに、ご用ですか？　崎田守を、よくご存知とか？」

「はい」

「伊東はるみさん？」

と、十津川は、きいた。

「いいえ。崎田さんという人は、知りません」

相手は、そんなことをいう。十津川は、当惑して、

「しかし、われわれは、崎田さんが、殺された事件を、捜査しているんですがね」

「私は、原口由紀さんのことで、お話ししたいんです」

と、女は、いった。

「病気で亡くなった、原口由紀さんのことですか？」

「ええ」

「しかし、病死した人間のことは、われわれ警察が扱うことじゃないんです」

「病死じゃありません」

と、相手は、いった。

「病死じゃない？」

「ええ」

「どうして、そういえるんですか？」

「病気で死ぬような人じゃありません」

と、女がいうと、電話口が、急に、賑《にぎ》やかになって、

「由紀は、病気で死んだんじゃありません」

「違うんです」

「あんな死に方、おかしいと思います」

と、一斉に喋《しゃべ》り始めた。

どうやら、伊東はるみという女の傍《そば》に、何人かいて、電話をかけてきたらしい。

十津川は、急に興味を持った。

「皆さんに会いたい。こちらへ来ませんか」

と、十津川は、いった。

三十分ほどして、四人の若い女が、捜査本部にやって来た。

全員が二十歳《はたち》すぎくらいに見えた。

その中の一人が、伊東はるみと、名乗って、

「みんな、由紀とは、短大時代の同窓なんです。彼女が、高山の旅館の若女将になっ

てからも、ずっと親友でした」

と、いった。

とにかく、四人を椅子《いす》に座らせ、亀井が、コーヒーをすすめた。

「インスタントしかなくてね」

と、亀井は、照れた顔でいった。

「それで、由紀さんは、病死じゃないというのは、どういう意味ですか？」

十津川は、四人に、きいた。

「私たちは、四人で、高山へ遊びに行くつもりだったんです。もちろん、由紀に会いにね。彼女の若女将ぶりを見たかったし。それで、三月八日に、四人で行ったんです」

「確か、原口由紀さんが亡くなったのは、三月八日でしたね」

「だから変なんです。朝、東京を発《た》つ前に、彼女に電話したんですよ。旅館の電話で、うまくつかまらなかったから、携帯に。午前九時頃だったかな。これから行くって。そうしたら、元気な声で、楽しみに待ってるっていったんです。それなのに、向こうに着いて、原口旅館へ行ったら、大さわざになってるんですよ。由紀が、死んだって」

　はるみが、いい、他の三人は、口々に、

「急性心不全だとか、いうんだけど、信じられません」

「彼女、人一倍、身体が丈夫だったんですよ」

「おかしいわ。本当に、おかしいんです」

「ちょっと、待って」

　と、十津川は、四人を抑《おさ》えて、

「誰に、それを聞いたんですか？」

「沢山《たくさん》、人が集まっていて、その中の三枝さんとかいう人です。親戚の人とかいってました」

「経営コンサルタントの？」

「ええ」

「医者の話は、聞かなかったんですか？」

「昔からの原口家の主治医という先生が、話してくれました。急性心不全だって」

「医者の話も、信用できない？」

「だって、あんなお爺《じい》さんの話なんて、信用できません」

「きっと、もうろくしてるんだわ」

「七十歳すぎなんですよ」

「聴診器の心音だって、ちゃんと聞こえるのかどうか、あやしいものだわ」

また、一斉に喋り出した。

「由紀さんのお母さんにも、会ったんでしょう？」

十津川が、きく。

「ええ。お会いしました」

「お母さんは、何といってました？　由紀さんの病死のことを」

「お母さんは、早朝から、隣町で、同業者の会合に出かけていて、携帯で知らされて、あわてて帰宅したら、もう、由紀は死んでいたと、いってました。あまりにも突然のことで、私たちが、会ったときも、まだ、呆然《ぼうぜん》としているみたいでした」

「皆さんは、葬儀にも出たんですか？」

「ええ。他の旅館に泊まって、翌日のお通夜に出ました」

「その時の様子は、どうでした？」

「参列者は、沢山いました。市長さんも来ていたし、美人の女将母娘《おやこ》ということで有名だったから、新聞記者なんかも来ていたんです。でも、ほとんどの人が、びっくりしてました」

「由紀さんの病死が、おかしいという人はいましたか？」

十津川が、きく。

はるみは、他の三人と顔を見合わせていたが、

「みんな、びっくりしているだけでした」

「それじゃあ、おかしいといってるのは、君たちだけか」

と、亀井が、眉をひそめて、いった。

「でも、私たちは、東京の短大で、二年間、由紀と一緒だったんです」

「だから？」

「だから、彼女が簡単に死なないことを、知ってるんです」

「君たちは、医者じゃないんだろう？」

「ええ」

「看護婦の人は、いるの？」

「いません」

「じゃあ、急性心不全という主治医の診断は間違っているという確証があるわけじゃないんだ」

「それはありませんけど、おかしいんですよ」

と、はるみは、主張した。

「君たちには、悪いが、彼女の死に不審があるのなら、警察が、調べてるよ。しかし、そんなことは、なかった」

「それは、あの主治医の死亡診断書を、地元の警察が、信用してしまったからだわ」

と、他の女が、いった。

「そりゃあ、不審な点がなければ、警察は、信用するよ」

「じゃあ、調べてくれないんですか？」

はるみが、十津川を睨《にら》むように見た。

「由紀さんが死んだのは、高山市ですからね。向こうの警察が、疑問を持たなかったものを、東京の私たちが、どうこういえないんですよ」

十津川が、いうと、はるみは、軽蔑《けいべつ》したように、

「それって、縄張り意識ということですか」

「弱ったな。あなた方の疑問に、ちゃんとした理由があれば、たとえ、他県の事件でも、われわれは、調べてみますが、今、聞いた限りでは、ただ、おかしいというだけみたいですからね。それでは、動くことは、出来ないんですよ」

「でも、今、原口旅館のことを、捜査していらっしゃるんでしょう？」

「いや、正確には、崎田守という人が、日比谷公園で殺された事件の捜査をしているんです」

と、十津川は、いった。

「その崎田というのは、どんな人なんですか？」

はるみにきかれて、十津川は、一瞬、迷った。ニセ弁護士といってしまっては、事件の本質を、見失うのではないかと思ったのだ。

それで、十津川は、

「由紀さんの恋人だった人、といったらいいのかな」

と、いった。

「おかしいわ。由紀から、崎田という恋人がいるなんて、聞いたことが、ありませんけど」

「それなら、勝手に、由紀さんを、好きになっていた男かも知れません」

「じゃあ、ストーカー？」

「そこまでは、いってなかったと思いますがね」

「高山の人なんですか？」

「いや、湘南の人間です。由紀さんたちは、もともと、湘南に住んでいたから、その頃に、知り合ったんだと思いますよ」

「それだけですか？」

「いや、彼は、いきなり、警視庁に私を訪ねて来ましてね。夕子さんが、亡くなって、娘の由紀さんが行方不明になってしまっている。だから、何とか探してくれといったんですよ」

「それ、逆じゃありません？　亡くなったのは、由紀の方なのに」

「今は、それが、わかっていますが、その時は、母親の夕子さんが、亡くなったと思いましたよ」

「でも、そんな捜査を、なぜ、十津川さんに頼みに来たんですか？」

と、はるみが、きく。

十津川が、黙っていると、亀井が、笑いながら、

「原口夕子さんは、警部の初恋の人なんですよ」

と、いった。

四人の女性は、一斉に、眼を大きくして、

「あの女将さんが、警部さんの初恋の相手なんですか」

「どんな初恋だったんですか」

「警部さんが、ナンパしたんですか」

「何処で会ったんです？」

「もう二十年も前の話ですよ」

と、十津川は、苦笑しながら、いった。

3

「でも、どうして、崎田という人は、由紀と、お母さんを間違えて、警部さんに、探してくれなんて、いったのかしら？」

と、四人の中の一人が、いった。

「それは、好きな由紀さんが、突然、死んでしまって動転したからだと思いますがね。或《あ》いは、由紀さんを、死んだと思いたくないか」

十津川が、答えた。

「それって、違うと思います」

と、はるみが、いった。

「どう違うんですか？」

「崎田さんという人には、会ったことがないけど、恋人の死に動転して錯乱状態になったのなら、警察には来ないで、めちゃくちゃに探し廻るんじゃありません？　死なずに、何処かにいると思って」

「なるほどね。しかし、彼が、平常心だったとすると、なぜ、私を訪ねて来て、死んだ由紀さんを、行方不明なので、探してくれと、いったんですかね？」

と、十津川は、いった。

はるみは、しばらく考えていたが、

「きっと、同じなんですよ」

と、いった。

「何がです？」

「その崎田さんも、私たちと同じように、由紀の病死に疑いを持ってたんだと思います」

「それなら、そういえばいい」

「でも、由紀の病死は、おかしいといったら、調べました？　私たちが、四人集まって、おかしいといったって、警部さんたちは、何にもしてくれないんでしょう。だから、崎田さんは、きっと、いろいろ考えたんだと思います。病死がおかしいといったって、調べてくれないだろう。だから、行方不明だから、探してくれといったんじゃないかしら。探すために、動いてくれたら、ひょっとして、病死に疑いを持ってくれるんじゃないかと思って」

と、はるみは、いった。

「面白い！」

と、十津川の声が大きくなった。

それに、はるみが、びっくりしてしまって、

「面白いですか？」

「私たちは、一度も、そんな風に考えてみたことがなかった。単純に、恋人の死で、錯乱状態になってしまっていると、思っていたんですよ」

「それで、どうなるんです？　私たちの疑問については――」

「考えさせて欲しい」

と、十津川は、いった。

「じゃあ、由紀の死について、調べ直してくれるんですか？」

「それを含めて、考えてみたいんです」

「じゃあ、期待していいんですか？」

「今は半々です。調べることになったら、皆さんに連絡します。だから、はるみさんの連絡先を教えて下さい」

と、十津川は、いった。

はるみが、メモに、連絡先を書き、四人は、引き揚《あ》げて行った。

西本刑事が、不思議そうに、

「何をしきりに感心していらっしゃったんですか？　あの四人に賛成されたとも思えませんが。医者でも、看護婦でもない人間が、死因に疑いを持っても、何の証拠にもなりませんよ」

「ああ。それは君のいう通りだ」

「では、どうして、あんな約束をなさったんですか？　医者が病死と診断し、すでに、火葬されてしまっているのを、どうしようもないと思いますが」

「彼女たちのことじゃなくて、崎田守のことだよ。今まで、私たちは、崎田が殺される動機を、つかみかねていたじゃないか。弁護士をかたったから殺されたのか、それとも、錯乱したために殺されたのか。どれも、ぴんと来なかったんだ。もし、彼女たちのいうように、崎田が、由紀の死因に疑いを持ち、それを、われわれに調べて貰《もら》おうと思って弁護士になりすましたり、死んだ由紀を探してくれといったのだとしたら、どうだろう？」

「それが、殺人の動機ということですか？」

「由紀の死因に疑いを持ったこと、警視庁にやってきたことの二つが、犯人を刺激したんじゃないか。だから、崎田は、殺された」

十津川が、いうと、今度は、日下刑事が、

「じゃあ、原口由紀の病死には、おかしいところがあるということですか？」

「その可能性が、出てきたということだよ」

と、十津川は、いった。

「でも、どうやって、調べたらいいんですかね」

と、亀井が、眉をひそめて、

「西本刑事のいう通り、急性心不全という医者の死亡診断書が出てしまっていますし、死体は、火葬されてしまって、もう司法解剖も出来ません」

「どうしたらいいか、考えてみようじゃないか」

と、十津川は、いった。

「そうですね。病死が、おかしいという前提で、考えてみましょう」

亀井が、いった。

刑事たちが、意見を並べていった。

「と、いうことは、病死でなく、犯人がいて、原口由紀を殺したことになります」

と、三田村が、いう。

「それと、急性心不全という死亡診断書を作った主治医は、犯人とグルかも知れませんわ」

と、北条早苗刑事が、いった。

「それなら、その医者に、白状させればいいんじゃありませんか」

田中《たなか》刑事が、いった。

「その通りだが、事は、そう簡単にいくかな?」

と、十津川が、首をかしげた。

「とにかく、どんな医者なのか、調べる必要がありますね」

と、亀井が、いった。

4

二人は、翌日、再び、高山に出かけた。

今度は、原口旅館の近くの交番に寄り、警察手帳を見せた。

「原口旅館で、亡くなった娘さんのことだが、死亡を確認した医者の名前を、教えてくれないか」

と、十津川は、いった。

交番にいた中年の巡査部長は、緊張した顔で、

「三田《みた》先生です」

「どんな医者だね？」

「三田病院の院長で、確か、原口家の主治医の筈です」

「老人だと聞いているんだが」

と、十津川が、いうと、巡査部長は、肯《うなず》いて、

「確か、もう七十二、三になっている筈です」

「名医かね？」

「はい。人望はあります。父親の代から、ずっと、病院をやっていますから」

と、巡査部長は、いった。

十津川は、病院の場所を聞いて、交番を出た。

三田病院は、三階建の総合病院だった。

二人が、入口を入って行く時にも、救急車が、サイレンを鳴らして、到着していた。

十津川たちが、受付で、三田院長への面会を求めると、数分待たされてから、三階の院長室へ案内された。

三田院長は、小柄だが、血色のいい老人に見えた。

もうろくしているようには見えなかった。

「東京の刑事さんが、何のご用ですか？」

と、落ち着いた声で、きく。

「先日亡くなった原口由紀さんのことで。実は、母親の夕子さんと知り合いなのです」

十津川は、相手の表情を見ながら、いった。

「そうですか」

と、三田は、微笑し、

「夕子さんは、どうしているんですかね。早く戻ってくれればいいと思うんだが」

「由紀さんは、急性心不全ということですが」

「そうです」

「どんな具合だったんですか？」

「三月八日の午後一時五分でした。ここに、その時刻がメモしてあります。原口旅館から、電話があって、由紀さんが、大変だから、すぐ来てくれといわれました」

「誰が、電話してきたんですか？」

「くに子さんという、あの旅館に、十年以上いる仲居さんですよ」

と、三田は、いう。

「それで、すぐ、行かれた？」

「ええ。くに子さんのいい方に、ただならぬものがあったし、息をしてないというのですよ。駈けつけたら、その通りで、すでに、呼吸を停止していました。それで、あらゆる手当てをしましたよ。しかし、蘇生しなかった。こんなことがあっていいのかという気持ちでしたよ。何しろ、まだ二十二歳ですからね」

「心臓病の徴候みたいなものがあったんですか？」

「丈夫な娘さんでしたよ。ただ、高山にやって来るまでは、わかりませんがね」

と、三田は、いった。

「先生が、死亡診断書を書かれたんですね」

「そうです。私が、死をみとった形に、なりましたから」

「他の病気ということは、考えられませんでしたか？」

十津川が、きくと、三田は、きっとした眼になって、

「私の診断が間違っていたというのですか」

「いや、そういうわけじゃありません。他に何か、合併症みたいなものはなかったかなと思いましてね」

「明瞭な、急性心不全です」

三田は、きっぱりと、いった。

「母親の夕子さんは、その時、不在でしたね？」

「そうなんです。それも、不幸だったかも知れませんね」

「それは、どういうことですか？」

「由紀さんが、自分の部屋で倒れているのを、仲居のくに子さんが、見つけたんですが、くに子さんは、何といっても使用人ですからね。由紀さんの姿が見えないなと思っても、彼女の部屋を、のぞくわけにはいかんでしょう。その点、母親なら、すぐ、のぞけたと思うのです。異常に気付くのも早くて、助けられたかも知れませんからね」

と、三田は、いう。

由紀のカルテも、見せられた。

何時何分に電話を受けて駈けつけたが、すでに、心臓は、停止していたこと、応急手当ての方法なども、詳《くわ》しく書かれていた。

十津川は、それを、亀井にも見せた。

「警察には、何か、聞かれませんでしたか?」

と、きくと、三田は、また、きっとした眼になって、

「なぜ、警察が、聞くんです。はっきりした病死なのに」

と、いった。

十津川は、話題を変えて、

「崎田守という男が、先生に、何かいってきませんでしたか?　この男ですが」

と、彼の写真を見せた。

「この男は、何者なんですか?」

「由紀さんを好きだった男です」

「見たことがありませんねえ。母親似の美人だった由紀さんだから、何人か、ボーイフレンドがいたというのは、聞いていましたよ。しかし、この人は、知りませんねえ。何をしている男なんですか?」

「先日、殺されました。三月十五日の夜です」

「どうして、殺されたんですか？」

「それを、今、捜査しているんですが、わかっているのは、由紀さんが好きで、彼女の病死に、疑いを持っていたことだけなんです」

十津川が、いうと、三田は、小さな溜息《ためいき》をついて、

「困りましたねえ。確かに、突然の死で、皆さんが、びっくりしたのは、無理もないと思いますよ。しかし、あれは、完全に、病死なんです。医者の名誉にかけて、申し上げるが、何も不思議はなかったんですよ」

「母親の夕子さんは、まだ、帰っていないみたいですが、いったい、何処へ行ってしまったんですかね？　行く先を、ご存知ありませんか？」

と、十津川は、きいた。

「私も、いろいろと、探しているんです。このままだと、あの原口旅館が、開店休業状態ですからね。おなじみさんから、聞かれて、私も、困っているんです」

「今、開店休業状態といわれましたが、一応、オープンはしているんですか？」

「ええ。板前さんも、仲居さんもいますからね。しかし、肝心の女将さんがいないんではね」

「先日、来た時、三枝さんという人にお会いしたんですが」

「ああ、経営コンサルタントの」

「親戚の方だそうですね」

「そうです。夕子さん母娘の相談に乗っているんじゃないかな。夕子さんが、この高山に来る気になったのも、高山にいた三枝さんに、すすめられたからだと聞いていますがね」

「湘南から、高山に来たのは、あの三枝さんのすすめですか」

「私も、三枝さんの紹介で原口さんと関係を、持つようになったんです」

「じゃあ、三枝さんというのは、世話好きなんですね」

「そうですね。面倒見のいい方ですよ。それに、県会議員でもあるので、私たちの要望を、政治に反映してくれるんですよ」

と、三田は、いう。

「県会議員もやっているんですか」

「ご存知なかったんですか？」

「ええ」

「議会では教育警察委員会に所属していますから、刑事さんと、全く、無関係じゃありませんよ」

た。

十津川は、自分でも、間抜けと感じる肯き方をしてから、亀井を促《うなが》して、病院を出た。

「なるほど」

原口旅館の方向へ歩きながら、

「あの医者は、どんな感じだったね？」

と、十津川は、亀井にきいた。

「医者自身のことは、よくわかりませんが、カルテの方は、完璧すぎる感じがしましたね。何だか、清書したようなカルテでした」

亀井が、そんな感想を、口にした。

原口旅館の前に来ると、ふいに、背後から声をかけられた。

振り向くと、見覚えのある顔が、二つ並んでいる。

一人は、伊東はるみで、もう一人は、前夜、一緒に、捜査本部を訪ねて来た仲間の一人だった。

名前は、確か、山下《やました》ジュンだった。

「刑事さんたちは、約束通り、調べてくれているんですね」

と、はるみが、弾《はず》んだ声を出した。

「いや、君たちがここにいるとは、驚いた。これは、通常の捜査なんだ。結果的に、君たちの要望に沿えることになると思いますがね」

十津川が、いい、亀井は、

「君たちは、原口旅館に泊まるのか？」

と、二人に、きいた。

「今夜から、予約してます」

と、はるみが、答える。

「他に二人いたろう？」

「ええ。あの二人は、用があって、来られないんです」

と、山下ジュンが、いった。

「何しに来てるのかね？」

「三日間休みがとれたんで、二人で、高山の観光に来てるんです」

と、はるみが、いう。

「観光？　それだけじゃないだろう」

「あわせて、由紀の死因を確かめたいんです」

「ちょっと、お茶でも飲みませんか」

と、十津川が誘い、二人を、近くの喫茶店に、連れて行った。

アンティーク調の店である。二人のウェイトレスも、着物姿だった。

二人が、お腹《なか》が空《す》いているというので、ライスカレーを注文した。

「一つ注意しておきたいことがあるんですよ」

と、十津川は、いった。

「この間、崎田という男のことを話したでしょう。彼は、皆さんと同じように、由紀さんの死因に疑問を持って、われわれに、調べて貰おうとして、殺されたのかも知れないのです」

十津川の言葉に、二人は、顔を見合わせて、

「本当に、そのために、殺されたんですか？」

と、はるみが、きいた。

「断定はしていません。今は、可能性を、いっているだけです。それでも、可能性はあるので、お二人にも、注意して頂きたいのですよ」

「注意しろといわれても、どうしたらいいんですか？」

ジュンが、怒ったような眼を向けてきた。

「由紀さんの死については、われわれ警察が、調べますから、あなた方は、あまり、

聞き廻らないで欲しいのですよ」

　と、十津川は、いった。

「でも、私たち、由紀の親友としては、彼女が、突然、病死したなんて、どうしても、信じられないんですよ。だから本当のことを知りたくて、こうして、由紀のことを知ってる人を探して歩いてるんです。そのことが、危険だとは、思いませんけど」

　と、はるみが、不満気にいう。

　十津川は、肩をすくめて、

「私に、あなた方の行動を止める権利も力もありません。ただ、注意して動いて下さいといえるだけです」

　と、いった。

　その時、十津川の携帯が鳴った。

　十津川が、「失礼」と、いって、電話に出ると、はるみとジュンが、そそくさと立ち上がり、

「ご馳走さまでした」

　ペコリと頭を下げて、店を出て行ってしまった。

　十津川は、かえって、ほっとして、

「もしもし、十津川ですが」

と、電話の向こうの人間に、話しかけた。

「十津川警部さんですね」

男の声が、確認するように、いった。

「そうです」

「今、亡くなった原口由紀さんのことを、調べておられるんでしょう？　それに、母親の夕子さんのことも」

「そうですが、もともとは、東京で起きた殺人事件の捜査の段階で、今、あなたのいわれたことを、知る必要が出て来たわけです」

と、十津川は、いった。

「しかし、調べておられることは、間違いないんでしょう？」

「もちろんです。特に、今、関心があるのは、由紀さんの死の真相です。病死ということですが、それに疑いを持っている人間が、何人もいるのでね」

と、十津川は、いった。

「それなら、大いにあなたの助けになれると思いますよ」

と、相手は、いった。

「失礼ですが、お名前を教えて頂けませんか？　それに出来れば、原口さん母娘との関係も知りたいんですが」

十津川は、丁寧《ていねい》にきいた。

慎重になっているのは、夕子や、由紀のことで、妙な雑音を排除したかったからである。

「それは、意味がありませんね」

と、男は、いった。

「なぜですか？」

「私と十津川さんは、初対面の筈です。その私が、鈴木太郎《すずきたろう》だと名乗って、大企業の社員だと名乗っても、あなたには、その真偽を確かめようがない筈ですよ」

「それは、そうですが」

「だから、今は、私を、信用して下さるかどうかなんです。もし、信用できないのなら、会っても仕方がないことになります」

と、男は、いった。

「わかりました。何処で、会えますか？」

と、十津川は、きいた。

「JR高山駅の近くに、飛騨《ひだ》という喫茶店があります。そこでお会いしたい。午後四時ではどうです?」

と、男は、いった。

「構いませんよ」

「十津川さん、お一人で来て頂きたいのです。他に、刑事さんが一緒だと、お会いしたくない」

と、男は、いった。

「いいでしょう。あなたとわかる目印がありますか?」

と、きくと、男は、

「私は、あなたが、わかっているので、こちらから声をかけますよ」

と、男は、いった。

亀井は、その男を信じにくいと、いった。

「だいたい、自分の名前をまともに、いえないというのは、どこか、やましいところがあるんだと思いますね」

と、亀井は、いうのだ。

十津川は、肯いて、

「確かに、カメさんのいう通り、私も、うさん臭い男だと思う。しかし、今回の事件では、そんな人間が、多く出てきているんだ。殺された崎田にしてから、ニセ弁護士だったし、病死したという原口由紀の死因がおかしいというし、肝心の夕子が、行方不明になっている。だから、おかしいついでに、今回の男にも、会ってみたいと思っているんだよ」

と、いった。

「私も、素知らぬ顔で、遠くから、観察していましょうか？」

「それもいいな」

と、十津川は、いった。

時間を計《はか》って、十津川は、高山駅に向かった。

飛驒という喫茶店は、駅前の商店街の中にあった。

雑居ビルの三階で、窓が、駅の方を向いているので、列車を待つのに使うには、便利である。

この日も、観光客らしい何人かが、窓側のテーブルで、コーヒーを飲んでいた。

十津川は、奥のテーブルに着き、コーヒーを注文してから、窓の外に眼をやった。

空が、曇ってきて、雨になりそうな感じだった。

湘南と、ここと は、空気が、違いすぎると思う。

ここは、暗く重い。

それに比べて、湘南は、明るく軽い。

どちらにも、それぞれの良さがあるのだろうが、夕子は、なぜ、湘南から、ここへ、移って来たのだろう?

親戚の三枝という男に、すすめられたのではないかと、三田医師はいっていたが、果たして、それだけなのだろうか。

かつて、由紀が、助けを求めた事件のせいもあるかも知れない。

十津川が、そんなことを考えていると、眼の前に人影が、立った。

四十前後の男で、

「十津川さんですね?」

と、声をかけてきた。

「電話を下さった方?」

「そうです」

男は、腰を下ろすと、ウェイトレスに、

「アメリカン」

と、注文してから、

「よく来て下さいましたね」

と、十津川に、いった。

「この事件では、どんな情報でも欲しいですからね」

「夕子さんとは、昔、親しくなさっていたと聞いたんですが」

男は、いい、十津川が、微笑すると、

「初恋というのは、いいものです。ボクにも覚えがありますが」

「夕子さんのことを、よくご存知なんですか？」

「ええ。夕子さんも、娘の由紀さんも、よく知っています」

と、男は、いった。

コーヒーが運ばれてきて、一瞬、男は、黙ってしまったが、そのあと、ゆっくりとコーヒーを、かきまぜながら、

「あの母娘は、美人の女将と、美人の若女将ということで、評判でした」

「そうらしいですね」

「テレビにも取り上げられました。美人女将母娘ということでね。二人を目当てに泊まりに来るお客もありましてね。繁盛していました」

「表面的には、美しく、仲のいい母娘といわれていたんですが、本当は、違っていたんです」

と、男は、いった。

「どんな風に、違っていたんですか？」

と、十津川は、きいた。

男は、じらすように、コーヒーを口に運んでから、

「あの母娘は、仲が悪かった。もっといえば、憎み合っていたといった方がいいかも知れないのです」

「憎み合っていた？」

「信じられませんか？」

「ええ」

「わかりますよ。二人とも美人だし、いい人でしたからね。それに、表面的には、仲のいい母娘を演じていましたからね。しかし、憎み合っていたのは、本当です」

と、男は、いった。

「なるほど」

「理由は、何ですか？」

「男です」

「男？　どんな男ですか？」

「小坂井茂《こさかいしげる》という名前を知っていますか？」

「いや、知りませんが」

「そうでしょうね。中央画壇じゃ無名に近い日本画家ですから」

「画家ですか」

「四十二歳かな。奥飛驒の風景や、女性を描くのが、得意な画家です。独身だといっていますが、本当は、わかりません。美男子だし、とうとうと、芸術論なんかを口にされると、女は、ぼうっとしてしまうのかも知れませんね。夕子さんが、この小坂井に惚《ほ》れてしまいましてね」

と、男は、いった。

「しかし、夕子さんも、独身だから、構わんでしょう」

と、十津川は、いった。

「それだけならね。ところが、小坂井は、娘の由紀さんにも、手を出したんですよ」

男が、声を低くして、いった。

「そんなことが、あったんですか」

十津川は、半信半疑だった。

男は、膝を乗り出すようにして、

「普通なら、そんな男は、軽蔑《けいべつ》するものでしょうが、女心というのはわかりませんね。夕子さんは、娘に手を出した小坂井を怒る代わりに、娘の由紀さんに、腹を立てたんです。自分と、小坂井が、つき合っているのを知りながら、由紀さんが、手を出したといってね。夕子さんは、由紀さんを、追い出そうとしたと聞いています。しかし、美人母娘が売りものの旅館ですからね。周囲から、いさめられて、追い出すことはしなかったようですが、私は、あの母娘は、一触即発だなと、心配していたんです」

と、男は、いった。

暗に、由紀の死に、夕子が、関係しているような口ぶりだった。

十津川は、暗い、嫌な気分になりながら、

「小坂井という画家には、何処へ行けば、会えるんでしょうか？」

「さあ、ボクは、住所を知らんのですよ。それに、よく、ふらりと旅に出ると、聞いていますからね」

「旅が好き——ですか」

ふと、十津川は、夕子は、今、その画家と一緒なのではないかと思った。

「ボクが、話したかったことは、これだけです」

と、男は、いった。

十津川が、黙っていると、男は、最後に、

「この店に飾ってある絵が、小坂井の描いた美人画ですよ。モデルは、由紀さんだといわれています。夕子さんは、あの絵を見て、初めて、娘と小坂井の関係に気付いたんじゃありませんかね」

と、いい残して、出て行った。

その絵は、間違いなく、店の壁にかかっていた。

和服姿の若い女が、描かれている。

美人で、淡い色気を漂《ただよ》わせている。確かに、由紀と似ていた。

それは、同時に、若い時の夕子と似ているということでもあった。

亀井が、傍に寄って来て、

「いい絵ですね」

と、いう。

「原口由紀が、モデルらしい」

「そういわれれば、似ていますね」

と、亀井は、肯いた。

十津川は、店のママに、絵のことを聞いてみた。

「三ヵ月くらい前でしたかね。この町で、小坂井さんの個展が、あったんですよ。私は、申しわけないんですが、小坂井さんの名前を知らなかったんです。それで何気なく、入って見ていたんですが、あの絵が、すごく気に入りましてね。その場で買ってしまったんですよ」

と、ママは、話してくれた。

「あの絵のモデルを、知っていますか？」

と、きくと、

「いいえ」

という返事が、返ってきた。

別に教えることでもないので、十津川は、黙って、奥のテーブルに引き返し、亀井と、改めて、コーヒーを頼んだ。

5

「遠くから見ていたんですが、男の話に、ショックを受けられたようでしたか」

と、亀井が、いった。

「そうなんだよ」

十津川は、男が話したことを、そのまま、伝えた。

亀井も、びっくりした顔で、

「一人の男のことで、母娘の争いですか」

「俄《にわ》かに、信じがたい話なんだがね」

「そうですね」

「私は、小坂井という画家の無神経さに、今、腹が立っているんだ。あの絵のことでね」

と、十津川は、いった。

「原口由紀がモデルだという、あの絵ですね」

「男の話では、夕子は、あの絵を見て、小坂井と娘の関係に気付いたというんだ。私は、何処かで、偶然、あの絵を夕子が見たと考えていたんだが、この高山の町で、個展を開き、そこに、あの絵を飾っていたというんだろう。夕子が、見に来るのは、わかるじゃないか」

「確かに、無神経ですね」

「これは、私のヤキモチかね」

十津川は、自嘲した。

男は、初恋の相手に、いつも、幻影を抱きたがる。

二十数年もの時間を飛び越して、昔のままでいるような錯覚を持ってしまうのだ。

特に、今回のように、一人の男のことで、娘と争っていたなどと聞くと、ショックを受けてしまう。冷静に考えれば、彼女は、もう、自分とは、関係のない人間なのにである。

「その男は、でたらめをいってるのかも知れませんよ」

亀井が、半ば、十津川をなぐさめるように、いった。

「自分の名前をいわないというのは、そもそも、怪しいじゃありませんか」

「しかし、事実らしいところもあるんだ。小坂井という画家も実在するようだし、あの絵もあるからね。全く架空の話とも、思えないんだよ」

と、十津川は、いった。

「小坂井という画家に会って、話を聞きたいですね」

「ああ。聞きたいと思っている」

「住所を調べてみますよ。日本画家なら、何処かの集団に属しているでしょうから」

と、亀井は、いった。

彼は、自分の携帯を取り出して、手帳にメモしながら、いろいろな相手にかけていたが、

「小坂井は、三期会《さんきかい》という日本画のグループに入っています。住所は、この高山ではなく、岐阜ですね。電話番号も聞きました」

と、いい、その番号にかけた。

だが、何回かけても、相手は出なかった。

「出かけているみたいですね」

「旅行好きらしいからね」

と、十津川は、いった。

「ひょっとして、この小坂井という画家と、原口夕子が、一緒にいるなんてことはないでしょうね」

と、亀井が、いった。

「カメさんも、それを考えるかね」

十津川が、いった。

「警部も考えられたんですか」

「ふと、考えた。考えたくなかったがね」

と、十津川は、いった。

二人とも、それ以上は、いわなかったが、お互いに、もっと、暗い想像もしていることは、十津川には、わかっていた。

夕子は、小坂井のことで、娘の由紀と、いい争いになり、かっとして殺してしまった。

それを、何とか、病死ということで、誤魔化して、葬儀を行なったが、夕子は、居たたまれず、姿を消した。

行く先は、男のところ、小坂井のところだった。

そんな想像である。

二人は、店を出た。

二人とも、押し黙って、しばらく、歩いて行った。口を開くのが、怖い気がしたのだ。

川沿いの旅館の一つに、二人は、泊まることに決めた。

温泉に、身体を浸《ひた》して、やっと、気分が和《やわ》らいできた。

「違ったかな？」

と、十津川は、呟《つぶや》いた。

「何が、違うんです？」

「駅前の喫茶店で会った男のことだがね。電話の声と、違うような気がしていたんだ。まあ、電話の声と、じかに聞く声は、違うものだからと思っていたんだがね」

「別人の可能性もあるんですか？」

「そんな気がしているんだ」

「今回の事件は、おかしなことが、続きますね」

と、亀井が、いった。

「そうだな」

十津川が、ざぶざぶと両手で顔を洗ってから、湯船に、立ち上がって、

「急に直子《なおこ》に電話をかけたくなったよ」

と、妻の名前を口にした。

第三章　ある画家の死

1

その男は、旅館で朝食をすませると、決まって、スケッチブックを持って、外出した。

行く先は、旅館から自転車で、十五、六分の丘の中腹だった。

草原である。

ところどころに、溶岩が、黒い顔をのぞかせている。

男はその岩に腰を下ろし、眼の前の由布岳《ゆふだけ》のスケッチを始める。

雲が生まれ、陽がかげり、由布岳は、さまざまに、変化する。

男は、その変化を、楽しんでいるようだった。

午後になると、男は、腰をあげ、旅館で借りた自転車に乗って、姿を消す。
しかし、そのまま、旅館に帰るわけではなかった。
旅館に戻るのは、いつも、夕食の時間になってからだった。
ある日、若いカップルがレンタカーを、走らせて、草原の傍《かたわ》らの道路を、登って来た。
運転していた男が、急に車を止めた。
「どうしたの？」
と、女が、きく。
「おしっこ！」
と、いいながら、男は、車から飛び出し、草原の中に、入って行った。
女は、ニヤニヤ笑って、見送っている。
男は、草原を駈け、道路から見えない場所を、探した。
草原は、ゆるく、うねっている。
そのうねりを一つ越えたところで、男は、立ち止まった。
ほっとした顔になって、チャックを下ろそうとした時、急に、「おやっ」という顔になった。

風が吹いてきて、前方の黒い溶岩の反対側から、音を立て、自転車が、倒れてきた。

男は、ぎょっとして、手を止めてしまった。

そこに、誰かいると思ったからである。そう思ったとたんに、尿意も消えてしまった。

だが、倒れた自転車の主は、なかなか、溶岩の裏から、現われなかった。

道路の方で、女が、けたたましく、フォーンを鳴らしている。

（何を、グズグズしているの？）

と、いう、フォーンだろう。

男は、うしろ向きのまま、わかったというように、片手を振ったが、足の方は、倒れた自転車の方に向かって動いていた。

溶岩のかげに、どんな奴がいるのだろうかという好奇心からだった。

そこに、男がいた。

最初は、仰向《あおむ》けに寝ているのかと思ったが、そうではなかった。死んでいたのだ。

まず、地元の交番の巡査が、やって来たが、殺人とわかって、今度は、大分《おおいた》県警のパトカーが、駈けつけた。

男は、背中を、何ヵ所も刺されていた。

男の傍らには、大きなスケッチブックと、4Bの鉛筆や、消しゴムなどの入った布製のザックが、落ちていた。

倒れた自転車には、湯布院《ゆふいん》のR旅館の名前が、入っていたので、刑事たちは、すぐ、携帯をかけ、旅館の支配人を呼んだ。

支配人は、バイクを飛ばしてやって来て、死体を見るなり、

「うちにお泊まりになっているお客さまです」

と、いった。

「名前は？」

と、県警の吉田《よしだ》刑事が、きいた。

「小坂井とおっしゃっていました。画家だということで、毎日、朝食のあと、スケッチにお出かけになっていたんです」

支配人が、青い顔で、答える。

「彼は、一人で、泊まっていたんですか？」

と、吉田刑事が、きく。

「はい。お一人で、もう九日間お泊まりになっています」

「彼の住所は？」

「岐阜市になっています」

「毎日、絵を描いていたんですか？」

「はい。今、申し上げたように、朝食をすませると、毎日、スケッチブックを持って、お出かけになっていましたから」

と、支配人がいう。

寺西《てらにし》警部が、やって来て、落ちていたスケッチブックを広げ、

「毎日、由布岳を描いていたんだな」

と、いった。

「上手《うま》いですか？」

と、吉田が、スケッチブックを、のぞき込んだ。

「ああ、プロの画家だと思うよ」

と、寺西は、いい、R旅館の支配人に向かって、

「被害者が、泊まっていた部屋を見せて貰《もら》えませんか」

と、いった。

寺西と、吉田は、R旅館に向かった。

湯布院の温泉街に入ると、この町も、少しずつ、変わっていた。

自然との共生が、モットーで、「何もない温泉町」が、謳《うた》い文句の湯布院の一角に、若者相手の土産《みやげ》物店が生まれていた。小さな一角だが、何となく、清里《きよさと》や、軽井沢《かるいざわ》を思い出させる。

R旅館は、その裏にあった。

こちらの方は、文字通り、自然を生かした造りで、庭には、蝶が舞い、夏になると、蟬《せみ》しぐれが流れるという。

被害者小坂井茂が泊まっていたのは、その庭に面した部屋だった。

九日前から泊まっているということで、小さなクロゼットには、着がえの服が入っていたし、所持品の入ったボストンバッグが、二つあった。

「かなりの荷物ですね」

と、寺西がいうと、支配人は、

「車で、いらっしゃったんです」

と、いう。

その車も見せて貰った。岐阜ナンバーのミニ・クーパーである。

スケッチブックは、部屋にも三冊あった。

景色を描いたものの他に、人物のデッサンもあった。

部屋係の仲居のデッサンもあったが、中年の女性のデッサンも入っていた。

「この人も、この旅館の人ですか?」

寺西が、きくと、支配人は、

「いや、知りません。お泊まりになっている方の中にも、いらっしゃいませんね」

「この女性が、小坂井さんを訪ねて来たことは?」

「私の知る限りでは、ございません」

「すると、旅館の外で、会って、描いたということなのかな」

そういえば、同じスケッチブックの中に、この湯布院の景色のスケッチも入っていた。

宿泊カードによると、小坂井は、三月二十日から、今日二十九日まで、泊まっている。

フロントには、二百万円が預けてあると、支配人は、いった。

他に、死体を調べたところ、運転免許証と、十七万二千円の入った財布があったから、金に不自由はなかったのだ。

刑事たちが、ボストンバッグの中身を調べている間、寺西は、支配人に、

「小坂井さんは、前にも、来たことがあるんですか？」

「いえ、今回が、初めてです」

次に、部屋係の仲居を呼んで貰って、小坂井のことをきいた。

旅館に会いに来た人はいないが、携帯は、ひんぱんに、かけたり、かかって来たりしていたという。

その携帯は、現場には無かった。

「小坂井という人は、どういう人でした？」

と、寺西は、仲居にきいた。

「面白い方ですよ。それに、美男子だから、女性にもてると思いますね。美人画も描くと、おっしゃってましたよ」

「そういえば、あなたのデッサンもしていますね」

「ええ。こんなお婆さんを描いても仕方がないのにねえ」

と、仲居は、満更《まんざら》でもないという顔で笑った。

「携帯は、あったか？」

寺西が、刑事たちに向かって大声を出した。

「見つかりません」

と、刑事の一人が、答える。

寺西は、視線を戻して、

「ここに、女性を呼んで、描いていたということはありませんか？　この女性なんですがね」

と、仲居に、スケッチブックの女性像を見せた。

「いいえ。見たことは、ありませんけど」

と、仲居は、いう。

デッサンには、背景が描いてないので、描いた場所は、わからない。

この旅館でないとすると、他の旅館で、描いたのか。

「小坂井さんは、この旅館の自転車を借りて、出かけていたそうですね」

「はい。健康にいいとか、おっしゃって」

「自分の車を、使うことは、なかったんですか？」

と、寺西は、きいた。

「二、三日は、車で、お出かけの時もありました」

と、仲居は、いう。

寺西は、少しばかり、失望した。

自転車なら、だいたい、湯布院の中と考えていたが、車だと、範囲は、広がってくる。

吉田刑事が、ボストンバッグの中から、ティファニーのブルーの箱を見つけた。

プレゼント用にリボンが、かかっている。

中身は、ハート形の二連リングだった。

「女性に贈るつもりで、買っておいたものだと思いますね」

と、吉田が、いった。

そのリングには、カードも、すでに添えられている。


〈誕生日おめでとう。　　小坂井〉


と、書かれていた。

「これが、犯行に、何らかの関係があると思うかね？」

と、寺西が、きく。

「十七万二千円入りの財布が、盗《と》られていませんからね。物盗りの犯行とは、思えません。それに、抵抗の跡も見られませんから、犯人に対して、警戒心も持たずに、背中を見せていて、いきなり、刺されたんだと思います」

「動機は、怨恨《えんこん》か」

「そうだと思います」

「じゃあ、この女性が、絡《から》んでいるのかな」

寺西は、スケッチブックに描かれた、中年の女性の顔を、吉田に見せた。

「なかなかの美人ですね」

と、吉田は、いった。

「そのバースデイプレゼントも、この美人へのものかも知れないな」

「じゃあ、小坂井を殺したのは、この女ということですか？」

吉田刑事が、きく。

寺西は、笑って、

「そう簡単に断定しなさんなよ。彼女を好きな男がもう一人いて、その男が、小坂井を殺したことだって、考えられるじゃないか」

「逆も考えられますよ」

「逆って？」

「小坂井が、二股かけていたということです。この女の他にも女がいて、それに嫉妬したこの女が、小坂井を殺したということです」

と、吉田は、いった。

「なるほど。殺された小坂井は、女にもてそうだからな」

と、寺西は、いった。

「とにかく、この女の身元を知りたいですね」

と、吉田は、いった。

2

捜査本部が設《もう》けられ、岐阜県警に、被害者についての照会をしている時、突然、警視庁の刑事二人が、訪ねて来た。

警視庁捜査一課の十津川という警部と、亀井という刑事だった。

寺西は、東京の本庁と、どんな関係があるのだろうかと、当惑しながら、十津川たちを迎えた。

「こちらの事件の被害者は、岐阜の人間なんですが、警視庁と何か関係があるんですか？」

と、寺西は、きいた。

「実は、東京で起きた殺人事件に関係があるかも知れないのです」

と、十津川は、いった。

「小坂井茂という画家がですか？」

「そうです」

「何という人間が、殺されたんですか？」

「崎田守という男です」

「その男と、小坂井とは、どんな関係なんですか？」

「崎田守の事件を追っていたところ、たまたま、小坂井茂という日本画家の名前が、浮かんで来たんです。会いたいと思いましたが、旅行中で所在がつかめずにいたわけです。それが、今回、湯布院で殺されたと知って、あわてて、駈けつけました」

と、十津川は、いった。

しかし、原口由紀と、夕子のことは、いわなかった。

「何を、ご協力すれば、いいんですか？」

寺西が、きく。

「そうですね、まず、彼の所持品を、見せて頂けませんか」

と、十津川は、いった。

寺西は、机の上に、R旅館と、殺人現場で見つかったものを、ずらりと並べて見せた。

「この他に、小坂井が使っていた軽自動車のミニ・クーパーがあります」

と、寺西は、いった。

「その車でしたら、私の家内の愛車でもあります」

と、十津川は、いいながら、四冊のスケッチブックのページを、めくっていった。

「由布岳を描いたものが多いんですね」

と、呟《つぶや》いていたが、その手が、急に、止まってしまった。

そこには、女のデッサンが、描かれていた。

ひと目で、原口夕子とわかった。

「そのモデルを、ご存知ですか？」

と、寺西が、きいた。

「いや、知りません」

と、いってしまってから、十津川は、

(まずいな)

と、反省した。

だが、どうしても、夕子の名前を口には出来なかったのだ。

十津川の代わりに、亀井が、

「この女性について、何かわかっているんですか?」

と、きいた。

「まだ身元は、わかっていませんが、物盗りの犯行とは思えませんので、事件に、この女性が関係しているのではないかという疑いは、持っています」

と、寺西は、いい、ティファニーの二連リングを見せて、

「これは、被害者が、彼女にプレゼントしようとして、買っていたものだと思っています」

「それで、彼女が、犯人だと?」

「いや、そんな断定はしていません。二人の仲を嫉妬した男の犯行かも知れませんしね」

と、寺西は、いった。

「岐阜県警から、何か回答はありましたか?」

これは、十津川が、きいた。

「小坂井茂が、地元では人気のある日本画の画家だということは、教えて貰いましたが、他には、今のところ、何も」

と、寺西は、いった。

十津川と、亀井は、この日、湯布院のR旅館に泊まることにした。

3

ひとまず、温泉に浸《つか》り、自分たちの部屋に戻ってから、

「原口夕子でしたね。あのモデルは」

と、亀井は、十津川に、いった。

「ああ。間違いなく、彼女だ」

「この旅館で、一緒だったということでは、なさそうですね」

「しかし、由布岳を描いたスケッチブックの中に、描かれていたんだから、何処《どこ》かで、一緒にいたことは、間違いないんだよ」

十津川は、重いものを呑《の》み込むような気になっていた。

今更、初恋の夕子と、関係を持ちたいという気はない。

だが、何処かで、彼女が、いつも、清純な感じの女でいて欲しいのだ。

これは、明らかに、男のエゴだとわかっているのだが。

「しかし、彼女が、小坂井を殺したとは、とても思えません」

と、亀井が、なぐさめるように、いった。

十津川は、浮かない顔で、

「そうであって欲しいと、思うんだがね」

「自信がありませんか？」

「正直にいえば、自信はない」

「なぜなんです？　警部の初恋の人なんでしょう？」

と、亀井が、いう。

「私の知っている彼女と、今も同じなのか、全く違った女となっているのか、わからないんだよ」

と、十津川は、いった。

「駄目ですよ。もっと、信じてあげなければ。もっとも、私は、それで痛い目にあいましたが」

「そうだったね。カメさんは、初恋の人に、欺《だま》されたんだったな」

「ええ。しかし、最初から、彼女を疑っていたら、欺されずにすんだでしょうが、そうなったら、きっと、それが、嫌な思い出になって、残ったと思うんです。いいじゃありませんか。初恋の甘い思い出に溺《おぼ》れた方が、人間的ですよ」

　と、亀井は、いった。

「いいなあ、カメさんは」

「何がいいんです？　あんな美しい女性が、初恋の相手なんて、私は、警部が羨《うらや》ましいですよ」

「そうか。羨ましいか」

「そうですよ。何が、心配なんですか？」

　と、亀井が、いった。

「傷のことがある」

「ああ、小坂井茂が、背中を刺された傷ですか」

「数ヵ所も刺されているといっていた」

「傷が深くないから、女の犯行だろうと？」

「ああ。そうだ」

「男だって、力のない人間は、いますよ」

「それは、そうなんだが――」

「ひょっとして、警部は、小坂井と、彼女が、一緒に旅行していたことが、面白くないんじゃありませんか？」

「――」

「あんな美人なんだから、嫉妬して、当然ですよ」

と、亀井は、いった。

「変な勘ぐりはしないでくれよ。カメさん」

「いいなあ、初恋の女性のことで、嫉妬できるなんて。普通は、何十年ぶりかで初恋の人に会うと、ガッカリして、会わなければ良かったと後悔するものですよ」

亀井の話は、少しずつ脱線していく。

十津川は、急に黙ってしまった。

（夕子は、今、何処にいるのだろうか？）

4

電話の音で、十津川は、あわてて、部屋の受話器を取った。

「県警の寺西です」

と、相手は、いってから、

「司法解剖の結果が出ましたので、お知らせします。死亡推定時刻は、三月二十九日の午前十時から、正午までの間です。発見されたのは、同日の午後三時五、六分です。死因ですが、失血死です。背中を四ヵ所刺されていますが、どの傷も、致命傷ではないという報告ですから、女の犯行の可能性が、強くなったと思っています」

「他に、何かわかったことは、ありませんか？」

と、十津川は、きいた。

「今、現場周辺の聞き込みをやっています。湯布院の旅館、民宿を、しらみ潰《つぶ》しに当たりましたが、スケッチブックの女が、泊まっていたという形跡は、ありません。従って、彼女は、湯布院ではなく、他の温泉地に泊まっていて、二人で、しめし合わせて、会っていたのではないかと考えています」

と、寺西は、いった。

（しめし合わせてか）

十津川の顔がゆがんだ。嫌な言葉だと思ったのだ。

そんな十津川の気持ちには構わず、寺西が、続けた。

「小坂井は、自分のミニ・クーパーで、女に会いに行ったと思うのです。それで、明日になったら周辺の温泉地に、当たってみようと思っています。今は、九州も、道路網が整備されていますので、かなり遠くの温泉地にも行けますから」

「何かわかったら、教えて下さい」

と、いって、十津川は、電話を切った。が、落ち着かない気分になっていた。

いずれ、九州の何処かの旅館に、夕子が、泊まっていたことが、明らかになるだろう。

夕食の時、仲居が、

「お客さん方は、東京の刑事さんなんですってね」

と、いった。

「あんたが、小坂井茂の係だった仲居さんか」

亀井が、いった。

「そうですよ」

と、相手が、肯《うなず》く。

「毎日、自転車で、スケッチに出かけていたそうだね？」

「ええ。二、三日は、車で、お出かけになりましたけどね」

仲居は、だんだん、話に熱中してきて、

「いつも、夕食の時間までには、お帰りになってましたが、一回だけ、翌日に、お帰りになったことが、あるんですよ。あれは、きっと、スケッチブックの女性に会いに行ったんじゃありませんかねえ」

と、わざと声をひそめた。

亀井は、ちらりと、十津川に、眼をやってから、

「それは、いつだね？」

「確か、三月二十五日から六日にかけてでしたよ。もちろん、ご自分の車で、お出かけでしたけどね」

「その時、小坂井茂はどんな様子だった？」

「ご機嫌でしたよ。こんなこともいってましたよ。誕生日を覚えていなくて、怒られちゃったよ。おれは、つき合った女の誕生日は、しっかり覚えていたんだが、年齢《とし》か

ななんて、ニヤニヤしてましたわ」

と、仲居は、いった。

「その時、何処へ行っていたのか、わからないかね？」

亀井が、きいた。

「私もね、てっきり彼女に会って来たと思ったんで、お聞きしましたよ」

「そうしたら？」

「ナイショ、ナイショって」

と、仲居は、笑う。

「別府《べっぷ》温泉じゃないかな？」

「それは、違うと、思います」

「どうしてだ？」

「男と女が、ひそかに会うんですよ。別府は、隠れ宿という感じがしないじゃありませんか」

と、仲居は、いった。

「隠れ宿か」

と、亀井は、呟く。

十津川は、黙って、聞いていた。

翌日、二人は、朝食をすませると、レンタカーを借りて、現場に向かった。

温泉場を抜け出し、ゆるい登り坂を、あがって行く。

道の左右は、草原である。

ところどころに、黒い溶岩が、顔を出している。

その草原の向こうに、由布岳が、そびえている。

二人は現場近くで、車を止めた。

現場には、ロープが、張られていた。

そのロープの中で、草むらの一ヵ所が、どす黒く汚れていた。

血痕だった。

そこに、小坂井茂は、仰向けに倒れていたのだ。

「ここで、彼は、由布岳を、スケッチしていたんですね」

と、亀井が、いう。

「そこに、犯人が、やって来た」

「ええ。小坂井は、全く警戒せずに、犯人に背を向けて、由布岳を描き続けたんだと思いますね。多分、何か話しながらでしょうね」

「犯人は、喋りながら、近づき、いきなり、ナイフで、小坂井の背中を刺した」

「小坂井は、多分、俯《うつぶ》せに倒れたと思いますね。犯人は、そこを、更に、二回、三回、四回と、刺したんです」

「発見された時、小坂井の死体は、仰向けになっていたという。なぜ、仰向けにしたのかな？」

十津川が、いった。

眩《まぶ》しい春の陽光が、草原を照らしている。

今日は、春というより、初夏のように、暖かい。

「犯人は、逃げるための時間稼ぎをしたんでしょう。俯せのままでは、血が流れているから、人眼につき易《やす》い。その点、仰向けにして、血痕をかくしてしまえば、遠くからは、草原で、寝転んでいるとしか見えません。ここは、道路から、十五、六メートル離れていますから、車で来た人間も、怪しまないと思います」

と、亀井は、いった。

「たまたま、同じ日の午後三時過ぎに、車で通りかかったカップルの男の方が、尿意をもよおして、車から降り、ここまでやって来て、死体に気付いたんだ」

「ですから、その前にも、サイクリングの人間や、車の人間が、あの道を、何人も通ったかも知れません」

「まんまと、犯人は、時間稼ぎをしたわけだ。三時間以上の時間をね」

と、十津川は、いった。

「少し休みませんか」

亀井は、自分から、草の上に、腰を下ろした。

十津川も、並んで、腰を下ろした。草の匂いがする。

「殺された小坂井は、旅館の自転車を借りて、ここにやって来て、由布岳のスケッチを始めた」

と、十津川は、いって、

「それなら、犯人は、どうやってここへやって来たんだろう？」

「方法は、三つしかありませんよ。歩いて来たか、自転車か、或《あ》るいは、車の二つです。歩いて来たというのは、ちょっと考えられません。余程《よほど》の健脚なら別ですが」

と、亀井が、いう。

「それに、歩いて来たのなら、逃げるのに、被害者の自転車を使うだろう。一刻も早く、現場から離れたいだろうからね」

と、十津川は、いった。

「と、すると、自転車か、自動車ということになりますが、犯人が、湯布院の人間か、泊まり客なら、自転車ということも考えられます」

「いや、それは、考えられない」

と、十津川は、いった。

「なぜですか?」

「ここの警察は、湯布院の旅館や、民宿を片っ端から調べているんだ。三月二十九日に、自転車に乗って出かけた人間も、全部洗っている筈《はず》だよ。しかし、犯人らしき人間は、見つかっていないんだと思う。見つかっていれば、今頃、大さわぎになっているからね」

「そういえば、温泉場は、静かなものですね」

と、亀井は、いった。

「だから、犯人は、自動車で、ここに、やって来たとしか思えないんだよ」

と、十津川は、いった。

「犯人自身の車ですかね。それとも、われわれと同じように、レンタカーか」

「難しいな。今は、東京から、四国でも九州でも、車で行けるからね」

「そうですね」

と、亀井が、肯いた時、県警のパトカーが、やって来て、寺西たちが、おりて来た。

寺西は、十津川のところまで、歩いて来て、

「ここだと思っていましたよ」

と、いった。

「何かわかったんですか？」

と、十津川は、きいた。

「スケッチブックの女と思われる人間が、泊まっていた場所がわかりました」

と、寺西が、いった。

「何処ですか？」

「阿蘇《あそ》の内牧《うちまき》温泉です」

「阿蘇ですか」

「これから、われわれは、内牧温泉へ行きますが、どうされますか？」

「間違いなく、そこに、スケッチブックの女が、泊まっていたんですか？」

「あの絵をファックスで送りました。よく似ているという返事です。従って、同一人という保証はないんです」

と、寺西は、いった。

「名前は、わかったんですか？」

と、亀井が、きいた。

「内牧温泉のK旅館では、田中直子《たなかなおこ》という名前で、泊まっていたそうですが、本名かどうかわかりません」

と、寺西は、いった。

十津川は、ともかく、原口夕子という名前でなかったことに、ほっとしながら、

「同行させて貰います」

と、いった。

十津川と、亀井は、県警のパトカーについて行くことになった。

阿蘇の外輪山の中に入って行く。

広々とした水田が広がっていた。しかし、十津川には、その景色を楽しむ余裕はなかった。

5

内牧温泉の一番奥にある旅館だった。

今、流行なのか、全ての部屋が、離れになっている。竹林の中に、各々の離れが、お互いに見えないように配置されていた。

（隠れ宿か）

と、十津川は、呟いた。

寺西たちは、フロントで、改めて、スケッチブックの絵を見せた。

「この女性に、間違いありませんか？」

と、きくと、フロント係は、

「よく似ていらっしゃいますけど」

「今も、泊まっていますか？」

「いいえ。もうおたちになりました」

「いつですか？」

「三月二十八日の午後ですが」

「二十九日の朝じゃないんですか？」

「いいえ。二十八日の午後です」

「いつから、ここに、泊まっていたんですか？」

「三月二十二日からです」

と、フロント係は、いった。

「田中直子さんでしたね？」

「はい」

「宿泊カードを見せて頂けませんか」

と、寺西は、いった。

示された宿泊カードには、間違いなく、田中直子と、あった。

住所は、東京都世田谷《せたがや》区松原《まつばら》×丁目のマンションになっていた。

「東京の女性ですか？」

と、十津川が、きいた。

「はい。そう伺《うかが》っています」

「予約は、電話ですか？」

「そうですが、熊本《くまもと》駅のインフォメーションセンターからなんです。東京から来た女性の一人客が、うちに泊まりたいといっているが、部屋は空《あ》いているかと、聞かれたんです。丁度《ちょうど》、一部屋空いていましたので、お引き受けいたしました」

と、フロント係は、いう。

「では、この住所のことは、確認はしていないんですね？」

「していませんが、七日分の宿泊費は、前払いで頂きましたし、別に、不審なことは、全くございませんでした」

「三月二十五日ですがね、男の人が、彼女を訪ねて来て、泊まっていきませんでしたか？」

と、寺西が、きいた。

フロント係は、当惑した顔で、

「ごらんのように、私どもは、全ての部屋が、独立しておりますし、必要以上のお世話をしないのが、サービスと思っておりますので」

「しかし、食事は、余計に運べば、わかるんじゃありませんか？」

「食事は、大食堂で、とって頂くことになっています」

「それで？」

「田中さまは、余計に注文なさったことはありません」

「つまり、ずっと、一人分の食事しか、とっていないということですか？」

「はい」

「しかし、持ち込みは自由でしょう？」

「持ち込みですか」

「そうです。一人分の食事を持ち込んでも、わからないでしょう？」

「それは、わかりませんけど――」

と、フロント係は、いった。

実際に、彼女が使っていた部屋を、見せて貰った。

洋室と和室があり、ベッドと、布団が、用意され、付属する露天風呂があった。

人間が一人増えても、楽に泊まれるだろう。

「二十五日は、ここに、男の人が、泊まりませんでしたかね？」

寺西は、小坂井茂の写真を見せて、きいた。

フロント係は、

「記憶にありませんが、私どもとしては、この離れを、お客さまに、一日、二万円で、お貸ししていると、考えています。従って、お客さまが、この離れを、どうお使いになっても、ご自由だということになっております」

と、いった。

十津川は、亀井と二人だけになると、

「小坂井は、二十五日は、ここに泊まってないんじゃないかな」

と、小声で、いった。

「ということは、別の女の所に、行ったということですか？」

「いや、ここの女に会いに来たとしても、小坂井も、女も、内緒で会いたかった筈だ。大っぴらに会うつもりなら、一緒に、湯布院に泊まっている筈だよ。ここに、車で来たとすると、その車の置き場所が問題になってくる。駐車場に置けば、覚えられてしまうからね」

「すると、どうしたんでしょう？」

「打ち合わせておいて他の場所で、会ったんじゃないかね。九州には、いくらでも、温泉があるからな」

と、十津川は、いった。

「なるほど、雲仙《うんぜん》でも、指宿《いぶすき》でも、有名な温泉地は、いくらでもありますね」

田中直子という女の、ここでの様子も、フロント係や仲居にきいてみた。

「とても、物静かな方でしたよ」

と、仲居は、いった。

「内牧温泉へ来た理由を、何かいっていましたか？」

十津川が、きいた。

「阿蘇を見に来たとおっしゃってました」

「家族の話なんかしていませんでしたか」

「とにかく、口数の少ない方なんですよ。それで、ほとんど、そういうことは、聞いていません」

と、仲居は、いった。

「ここには熊本からタクシーで来たんですか？」

十津川は、フロント係にきいた。

「いえ。内牧から、タクシーでした」

「二十八日のチェックアウトの時は、タクシーを呼んだんですね？」

「ええ。呼んでそれに乗って行かれました」

と、フロント係は、いった。

阿蘇タクシーの内牧営業所のタクシーだという。十津川と、亀井、それに、寺西たちは、その山田《やまだ》という運転手に会った。

「確かに、三月二十八日の午後一時頃、Ｋ旅館にお迎えに行きました」

と、山田は、いった。

「それで、何処へ送ったんですか？」

「熊本駅です」

もちろん、それから先は、わからないと、いった。

内牧から熊本駅まで、一時間半くらいかかったというから、熊本駅に着いたのは、午後二時半過ぎといったところだろう。

彼女は、熊本駅から、どの列車に乗って、何処へ向かったのか。

もし、彼女が、三月二十九日に、湯布院で、小坂井茂を刺殺したとすれば、二十八日には、九州の何処かで、一泊したに違いない。

或いは、九州を出て、山口《やまぐち》県下で、一泊した可能性もある。

十津川は、携帯で、東京にいる西本にかけた。調べることは、調べなければならない。

「東京の世田谷区松原×丁目のヴィラ松原５０２号の田中直子という女性について、調べて貰いたいんだ」

と、十津川は、いった。

「何者ですか？」

「まず、その女性が、実在するかどうか調べて欲しい」

「架空の可能性もあるわけですか？」

「田中直子という女性がいないことも考えられるんだ」

「もし、実在していたらどうしますか？」

「もし、田中直子が実在していたら、三月二十五日前後、何処にいたか、聞いてみてくれ。もし、九州阿蘇の内牧温泉にいたといえば、ＯＫだ」

と、十津川は、いった。

「それだけですか？」

「それと、小坂井茂という日本画家を知っているかどうかも聞いておいてくれ」

と、十津川は、いった。

このあと、十津川たちは、もう一度、湯布院に戻った。

殺された小坂井の弟が、遺体の引き取りに来ている筈だったからである。

湯布院に戻ると、小坂井茂の弟の勇《いさむ》が、すでに、着いていた。

勇は、五歳年下の三十七歳で、名古屋の製薬会社で働くサラリーマンだった。

すでに、結婚していて、五歳の男の子がいるという。

「兄の生き方を、時には、羨ましいと思ったこともありますが、ボクには、出来ませんから」

と、勇は、さめたいい方をした。

寺西は、例のスケッチブックに描かれた女性のデッサンを見せた。

「この女性に、心当たりは、ありませんか？」

と、きいた。

十津川は、勇が、どう答えるか、じっと見守ったが、勇は、あっさりと、

「ありませんね」

と、いった。

「お兄さんの絵の個展なんかは、ご覧にならないんですか？」

寺西がきくと、勇は、笑って、

「一度だけ見に行ったことがあるんですが、その時、兄に、絵のわからん奴が見に来るなといわれましてね。その後は、一度も、見に行ってないんです」

「お兄さんの女性関係も知りませんか？」

「かなり派手だというのは、噂《うわさ》に聞いていましたが、実際は、知りません」

と、勇は、いった。

「お兄さんが、九州の湯布院に来ていたことは、知っていましたか？」

「いや、知りませんでした。兄は、よく旅行に出る人でしたから、何日もいなくなっても、心配はしないようになっていたんです」

と、勇は、いった。

そのくらいだから、兄の茂が殺されたことでも、思い当たることはないと、勇は、いった。

小坂井の遺体は、湯布院で荼毘《だび》にふされ、勇は、遺骨を持って、岐阜に帰って行った。

十津川と、亀井は、もう一日、湯布院に泊まることになった。

夕食前に、東京の西本から、十津川に連絡が入った。

「田中直子という女性ですが、実在しません。第一、該当する住所に、ヴィラ松原というマンションもありません」

と、西本は、いった。

「やはり、田中直子は、実在しなかったか」

十津川は、小さく、溜息《ためいき》をついた。

正確にいえば、田中直子というのは、偽名だったということである。

十津川は、このことを、寺西に、電話で伝えた。どうせ、県警も、東京に照会すると思ったからである。

寺西は、「やっぱり」と、いい、

「これで、ますます、スケッチブックの女が、怪しくなってきましたね」

と、いった。

「しかし、旅先で、偽名を使うのは、よくあることじゃありませんかね。私なんかも、警視庁の刑事というのが、照れ臭いので、プライベイトな旅行の時は、友だちの名前を使ったり、会社員と書いたりしますが」

と、十津川は、いった。

しかし、寺西は、頑固に、

「それにしても、今回の件では、この女性の行動は、怪しいですよ」

と、主張した。

十津川は、まるで、自分が追い詰められていくような、息苦しさを覚えた。

6

翌朝、眼ざめて、窓のカーテンを開けると、庭の桜が、いつの間にか、満開になっていた。

湯布院は、高地にある温泉だが、それでも、桜の季節になっているのだ。

朝食の時、亀井も、驚きの表情で、

「いつの間にか、桜が満開になっていますよ」

と、十津川に、いった。

「何かいいことがあるかな」

「ありますよ。それで、これからですが、東京に戻りますか？　それとも、高山へ行かれますか？」

と、亀井が、きいた。

朝食の用意をしていた仲居が、

「高山って、飛騨高山の高山ですか？」

と、きく。

「そうですよ」

「私も一度だけ行ったことがあるんですけど、昔の町並みが残っていて、いい所です
ねえ」

「ああ、いい所です」

十津川が、気のない返事をしているところに、彼の携帯が鳴った。

寺西警部かと思って、

「何かありましたか？」

と、きくと、

「私です」

と、女の声が、いった。
（エッ）
と、思い、十津川は、立ち上がって部屋の外に出た。

「夕子さんですか？」

「そうです」

と、いう声は、落ち着いていて、まず、十津川を、ほっとさせた。

「今、何処です？」

「高山に帰っています。昨日の夜、帰って来ました」

と、夕子は、いう。

「これから、どうするんですか？」

「どうするって、決まっていますわ。旅館を再開します」

と、夕子は、いった。

「いつからですか？」

「今日からです」

「私も、泊まりに行って構いませんか」

「ぜひ、いらっしゃって下さい」

と、夕子は、いった。

十津川は、電話をすませて部屋に戻ると、仲居が席を外すのを待って、

「夕子から、連絡があった」

と、亀井に、いった。

「今、何処ですか？」

「昨夜、高山に帰って来て、今日から、旅館を再開するといっている」

「良かったじゃありませんか。女将《おかみ》のいないあの旅館は、開店休業みたいでしたから

ね」

と、亀井は、いった。

「私としては、これから、高山へ行くつもりだ」

「私も、行きますよ」

と、亀井は、いった。

朝食をすませると、二人は、寺西警部に電話であいさつして、湯布院から、電車に乗った。

高山までは、全て、列車を使うことにした。飛行機の利用を考えなかったのは、向こうに着くまでに、自分の気持ちの整理をしておきたかったからである。

小倉《こくら》へ出て、小倉から新幹線に乗った。

自分の悩みを、簡単なことだと、十津川は、思う。

刑事に徹することが出来るかどうかということなのだ。

刑事に徹して、原口夕子と向かい合えるかどうか。簡単なことなのに、十津川には、自信が持てないのである。

午後四時すぎに、二人は、高山に着いた。

この町では、まだ、春は浅い感じだった。奥飛騨の山々には、まだ、雪が残っている。

それでも、原口旅館の前へ行くと、玄関は、掃《は》き清められ、きれいに、水が撒《ま》かれていた。

案内を乞《こ》うと、和服姿の夕子が現われた。

女将という顔で、十津川に向かって微笑し、

「いらっしゃいませ」

と、いった。

いくぶん青白い感じだったが、それは、久しぶりに女将として、旅館を再開したことの緊張のためだろうと、十津川は、思った。

「二、三日、ご厄介《やっかい》になります」

と、十津川は、意識して、他人行儀に、いった。

二階の部屋に通された。

仲居が、茶菓子を運んできた。

十津川は、仲居には、気軽く声をかけることが出来た。

「女将さんの様子は、どう?」

と、十津川は、きいた。

五十代と思われる仲居は、ニッコリして、

「私たちも、女将さんが戻って来て、ほっとしているんですよ。やっぱり、女将さんがいないと、お客さんが、来てくれなくて」

「女将さん、元気そうだね？」

と、亀井が、いった。

「ええ。張り切っていらっしゃいますよ。今朝もね、早くから、常連の方々に電話をかけていましたもの」

「旅行に出かけてたんだよね？」

「ええ。突然、一人娘の由紀さんが亡くなったことが大変なショックで、女将さんは、そのショックを、何とかして、忘れようとして、旅行に出ていらっしゃったんだと思いますよ」

「そのショックから、もう立ち直ったのかな？」

「もう大丈夫だと、おっしゃってます」

と、仲居は、いった。

仲居が、出ていくと、亀井が、

「夕子さんには、私が、いろいろと聞きましょうか？」

と、いった。

「いや、私が、聞く」

と、十津川は、いった。

夕食のあとで、夕子が、部屋に、あいさつに来た。

「今後も、よろしく、ご利用下さいませ」

と、頭を下げる。

匂い袋の香りがした。

「旅行に行っていらっしゃったんですね」

と、十津川が、いった。

「はい」

「私も、辛《つら》いことがあると、ふっと、旅に出ることがあるんですよ。夕子さんは、どちら方面に行っておられたんですか?」

「海を見に行って来ました」

と、夕子は、いう。

「海ですか。南の海ですか?」

「南の海も、北の海も。私ね、海が好きなんです」

「そういえば、夕子さんは、湘南の生まれ、育ちでしたね」

「ええ」

と、肯く。

十津川は、阿蘇へ行っていたんじゃありませんかという言葉を、無理に、呑み込んだ。

「日本画家の小坂井茂さんが亡くなったのを、ご存知ですか？」

十津川は、思い切って、きいた。

一瞬の間があって、夕子は、

「ニュースで、知りましたけど、それが何か？」

と、きき返した。

「その画家が、あなたをモデルにして、描いたことがあると、聞いていたものですからね」

と、十津川は、いった。

「そんなこともありましたけど、昔のことですわ」

と、夕子は、いった。

「お会いになったことがあるんですか？」

「ええ。小坂井先生が、たまたま、高山においでになって、私のことを、お描きになった時だけですけど。ああ、死んだ由紀のことも、お描きになったんです」

「その絵を見たいですねえ」

と、十津川は、いった。

「さあ、今は、どなたがお持ちになってるんでしょうか」

夕子は、他人事《ひとごと》のようにいった。

十津川が、何か、きこうとすると、

「十津川さんは、東京で起きた事件の捜査をなさっていらっしゃるんでしょう？」

と、逆に、きいた。

「そうなんですが――」

「崎田さんとかいう方が、殺された事件でしたわね」

「ええ」

「犯人は、見つかりそうなんでしょうか？」

「それが、壁にぶつかってしまっています。残念ですが」

と、十津川は、いった。

「全然、犯人の見当もつきませんの？　刑事さんも、大変なんですねえ」

と、夕子は、いい、急に、笑顔になって、

「そうだ。今夜は、飲みません？」

と、誘った。

「疲れているんじゃありませんか」

「そんなことはありませんよ。十津川さんは、何がいいかしら？」

「ビールをお願いします」

「亀井さんは」

「私は、焼酎《しょうちゅう》がいいかな」

と、亀井が、いった。

夕子は、仲居に、酒、肴《さかな》を運ばせると、妙に、はしゃいだ声で、

「さあ、飲みましょう」

と、二人にいった。

第四章　噂《うわさ》と中傷

1

十津川は、戸惑っていた。

今、自分の眼の前にいる夕子と、二十数年前、十津川の胸をときめかせた夕子とが、うまく重なってくれないのだ。

もちろん、同じ人間なのだから、顔立ちが変わってしまっているわけではない。

ただ、その中身が、わからないのだ。変わらないのか、それとも、全く変わってしまっているのか。

男子三日見ざれば刮目《かつもく》すべしという言葉がある。

男は、三日もすれば、大きく変わるものだということかも知れないが、十津川にいわせれば、大きく変わるのは、女の方である。

男は、変わることに、躊躇《ちゅうちょ》してしまうが、女はためらわない。

男は、過去を清算する勇気がなかなか持てないが、女は、簡単に、過去と決別できる。

国際結婚がいい例だと思う。

女は、地球の反対側の国の男との結婚も平気だし、しかも、その国で、ゆうゆうと、生活していける。その点、日本の男の方は、はるかに、保守的だ。外国の女性と結婚しても、みんな、日本で生活したがる。

女は、もともと、変わることに平気なのではないか。

しかも、変わったことが、表に出ない。

十津川が、刑事になって間もない頃、あとになって、「美しき殺人鬼」と、マスコミが呼んだ女と、ぶつかったことがある。

年齢は、二十八歳だった。美人だったが、その上、気品があった。

彼女は、金を奪うために、三人の男を殺したのだが、いつ会っても、彼女の美しさも、上品さも変わらなかった。

そのせいで、刑事たちは、欺《だま》され続けたのである。

その点、男の犯人の場合、たいてい、犯罪を重ねるにつれて、表情も、凶悪になっていくことが多い。

昔、眼が澄んでいるから犯人の筈《はず》がないといって、凶悪事件の容疑者を弁護した作家がいた。その時の容疑者は、男だった。

容疑者が女でも、同じことがいえただろうか。

十津川は、そんなことを考えながら、夕子を見ていた。

夕子は、十津川と、亀井に向かって、はしゃぎまくり、

「飲みましょう。飲みましょうよ」

と、酒をすすめ、自分も杯《さかずき》を重ねていく。

たちまち、白い顔が、ピンク色に染《そ》まり、色っぽくなっていく。

十津川の方が、心配になって、

「大丈夫ですか?」

「何が?」

と、じっと、十津川を見て、

「あなた、学生時代に、私の家へよく遊びに来てたんでしょう? 湘南にいた頃ね」

と、いう。わざと、とぼけていっているのか、記憶がうすれていて、思い出そうと

していいるのかわからない。

「十津川ですよ。大学時代、夏休みに、湘南へ合宿に行き、あなたの家にも、よく遊びに行きました」

「そうだわ。あの頃、やせていて、棒みたいだったけど、ずいぶん、太ったわね」

舌が、少しもつれている。

酔いが、廻ってしまったのか。

「中年太りです」

十津川が、苦笑する。

「中年って、悲しいわね。もう男の人から、相手にされないし――ねえ。私って、ずいぶん、お婆さんになっちゃったでしょう？」

「そんなことはない。きれいですよ」

「お世辞《せじ》はいや！」

「お世辞じゃありませんよ。二十数年ぶりにあなたに会えて、その美しさに、びっくりしてるんです」

「ほんとう？」

「本当ですよ」

「じゃあ、飲みましょう」

「もう十分に飲んでます」

「そっちの人は？　カメさんだったかしら？　それとも、ツルさん？」

「カメイです」

「ちゃんと飲んでます？」

「飲んでますよ。ここの名物焼酎は、さわやかで、うまい」

「ねえ。カメさんは、私のことをどう思ってるの？　娘を死なせてしまった哀れな女？」

「とんでもない。娘さんを亡くしても、しっかりしているのに感心しているんですよ」

「ありがとうございます。でもねえ」

と、夕子は、急に泣き出した。

「由紀が死んだのは、私の責任だわ。ごめんなさい！」

「病気で死んだのに、どうして、あなたに責任があるんですか？　責任なんかありませんよ」

十津川は、励《はげ》ますように、いった。

だが、夕子は、泣き止《や》まない。

その泣き声が、止んだと思うと、彼女は、テーブルに、うつ伏して、いつの間にか、眠ってしまっていた。

「夕子さん」

と、十津川が、呼びかけたが、返事はなかった。

十津川は、丹前を、寝ている夕子の肩にかけてやった。

「泣き疲れたんですかね？」

亀井が、いう。

十津川は、煙草に火をつけた。

「娘の由紀を殺してしまったと、しきりに呟《つぶや》いていたね」

「母親って、そういうものでしょう。子供が死ぬと、病死だろうと、事故死だろうと、自分の責任だと思い込むんですよ」

「いや、もっと、複雑な事情があるのかも知れないよ」

と、十津川は、いった。

「どういうことですか？」

「本当は、病死じゃなかったのかも知れない」

「そんな話も出ていましたね」

と、亀井が、杯を置いて、いった。

「あの医者が、嘘《うそ》をついてることだって、充分に考えられるんだ」

「三田とかいいましたね」

「ひょっとすると、不審死だったのに、頼まれて、病死の死亡診断書を書いたのかも知れない。最初から、この一連の事件は、おかしかったんだ」

「東京で殺された崎田の事件も、まだ、解決していませんね」

「ああ。なぜ、あの男が、殺されたのか、まだ、わかっていないんだ。ただ、ここへ来て、原口母娘《おやこ》のことに関係したために殺されたのだろうという可能性は、強くなったと思っている」

と、十津川は、いった。

「彼はわざと、母親の夕子と、娘の由紀を取り違えていい、われわれに、由紀の死因を調べさせようとしていたのではないかということでしょう」

「そうなんだ。彼は、夕子が死んで、娘の由紀が行方不明だといった。最初は、単純ないい間違えだと思ったんだが、彼は、由紀に夢中だったんだ。そんな男が、名前を間違える筈がない。とすれば、彼は、好きな由紀の死因に疑問を持って、私に、調べて貰《もら》いたかったんだと思うようになった。しかし、病死と決まったものを、東京の刑事が、調べてくれる筈がないから、行方不明と告げたんだと思う。そうすれば、私が、何かおかしいと思って、乗り出してくれるんじゃないかと、考えたんじゃないかな」

「彼は、母親の夕子を疑っていたんですかね？」

亀井は、ちらりと、寝ている夕子に眼をやって、いった。

「どうかな」

十津川も、夕子に眼をやった。

「一人の日本画家をめぐる母娘の愛憎というのを、どう思います？」

「あり得ないことじゃない。いくら聡明な女性でも、男のことになると、何も見えなくなるからな」

「じゃあ、小坂井茂殺しに、夕子が、関係があるということですか？」

亀井が、小声できく。

「無関係とは思えない。問題は、どう関係するかということだな」

「私は、二人が、一緒に旅行していたと思いますがねえ」

亀井が、いった時、寝ていた夕子が、急に、身動きした。

顔をあげ、眼を細めて、十津川と、亀井を見た。

「ごめんなさい。寝てしまって――」

立ち上がろうとすると、足元が、おぼつかない。

あわてて、十津川が、彼女の身体を支えた。

2

仲居に手伝って貰って、階下の部屋に、夕子を寝かして、十津川は、自分たちの部屋に戻った。

亀井は、テーブルの上を片付けながら、

「私たちの話を、聞かれてしまいましたかね」

「彼女は、私たちの話を聞こうとして、寝たふりをしていたのかも知れないな」

と、十津川は、いった。

「本当ですか？　それは、考え過ぎじゃありませんか？」

亀井が、首をかしげた。

「彼女は、この高山で、二年間、旅館の女将《おかみ》をやっているんだ。客にすすめられれば、酒だって飲むだろう。下で、仲居さんに、そっと聞いたら、夕子は、アルコールに強いといっていたよ。それが、私たちの前で、簡単に酔って寝てしまった。あれは、明らかに、酔ったふりだよ」

「警部！」

亀井が、大きな声を出した。

十津川は、苦笑して、

「わかってるよ。意地悪な見方だというんだろう」

「夕子さんは、警部の初恋の人でしょう」

「だから、努《つと》めて、甘くなるのを、いましめているんだよ」

と、十津川は、いった。

そのあと、十津川は、

「少し、夜の町を歩いてみないか」

と、亀井を誘った。

「いいですね。私も、すぐには、眠れそうもありませんから」

と、亀井も、いう。

二人は、ゆかたの上に、丹前《たんぜん》を羽おり、旅館の下駄を借りて、外に出た。

さすがに、通りに、人の気配はない。

時折、車が、通り過ぎるだけである。

「静かだな」

と、十津川が、呟く。

「これが、普通なんですよ。東京の夜が、異常なんです」

「原口母娘が、ここで、旅館を始めたのは、この静かさに、憧《あこが》れたのかな？　それとも、何か特別な理由があったのかな」

「この高山に住む親戚の人にすすめられたといっていますね」

「そうなんだが、ただ、それだけで、長年住みなれた湘南から、この高山にやってくるかな」

「警部は、他の理由があったと、お考えですか？」

「あるような気がしているんだ。そのことが、今回の事件に関係しているんじゃないかと思ってもいるんだが」

と、十津川は、いった。

二人は、いつの間にか、三田病院の近くまで歩いて来ていた。

「そろそろ、旅館に帰るかね」

と、十津川が、いったとき、ふいに、パトカーのサイレンが、聞こえた。

立ち止まって、振り返ると、県警のパトカーが、一台、二台と、走って来て、三田病院の中に、消えて行った。

「何かあったのかな」

十津川は、三階建の病院を見つめた。

「ただ、患者が亡くなっただけじゃあ、パトカーは、呼びませんね」

「入ってみよう」

と、急に、十津川は、いった。

中に入ると、受付の事務員が、手がたなを切って、

「今は、どなたも入れません」

「私たちは、警察の人間だ。警視庁捜査一課の十津川と、亀井です」

と、十津川は、警察手帳を見せた。

事務員が、応待に困っていると、上から県警の刑事が、おりて来た。

十津川が、改めて、自己紹介すると、その刑事は、

「上で、三浦《みうら》警部に、話して下さい」

と、いい、二人を、エレベーターに案内した。

「何があったんです？」

十津川が、エレベーターの中で、きいた。

「ここの院長が、自殺しました」

刑事が、いう。

すぐ三階に着き、院長室の前で、三浦という県警の警部に会った。

五十歳ぐらいの、いかにもたたきあげといった感じの男だった。

なぜ、こんなところに、本庁の警部が来たのかというように、眉を寄せながら、

「何か、この三田病院のことを、調べておられるんですか?」

と、十津川に、きいた。

「東京で起きた殺人事件について、ここの三田院長に証言をして貰っています」

と、十津川は、いった。

「殺人事件のですか」

「そうです。本当に、院長が、亡くなったんですか?」

「そうです」

三浦は肯《うなず》き、院長室の中に、十津川たちを、入れてくれた。

机に、うつ伏した感じで、小柄な院長が白衣姿で死んでいた。

「青酸死です。ウイスキーに混ぜて飲んだんですな」

三浦が、説明する。

なるほど、机の上には、ウイスキーのびんがあり、カップが倒れて、ウイスキーがこぼれている。

「自殺ということは、どうして、わかったんですか？」

と、十津川は、きいた。

「遺書が、あったんですよ」

三浦は、机の上にあったという封書を見せてくれた。

確かに、その表に「遺言のこと」と、書かれている。

「中を拝見できませんか」

「いいですよ。もう、指紋の検出は、すんでいますから」

と、三浦は、いった。

十津川は、封書の中身を取り出し、院長室の隅で、眼を通した。

便箋に、万年筆で書かれてあった。

〈原口由紀さんの病死について、最近、さまざまな、無責任な噂《うわさ》が、流れていま す。中には、医者の私が、嘘の死亡診断書を書いたのではないかと、疑う人間まで、出てくるようになっています。

私は、これらの根も葉もない噂を無視するつもりでしたが、警察までが、疑っていると聞いて、がくぜんとしました。

その上、私のところに、本当のことを話せとか、誰から金を貰って、嘘の死亡診断書を作ったのだといった、非難の手紙が届いたり、無言電話がかかるようになってきました。

私は、嘘の死亡診断書を作ったりしたことは、絶対にありません。私にも、医者としての誇りがありますから。

ただ、昨日も、無言電話に悩まされ、つくづく、疲れました〉

十津川は、それを、亀井に渡した。

「筆跡は、間違いないんですか？」

十津川がきくと、三浦は、

「息子の副院長が、郊外の別荘から急いで帰宅して、間違いないと、証言しています」

と、いった。

その副院長の三田省吾《しょうご》が、父親のところに来たという手紙を見せてくれた。

全部で、二十五通。どれも、差出人の名前はなかった。

〈噂は聞いたぞ。原口旅館の若女将が、死んだ件で金を貰って、嘘の診断書を作ったそうじゃないか。

こら、院長。恥を知れ！〉

〈原口由紀は、殺されたんじゃないのか。

医者の良心は、どうしたんだ？　バカ、死ね〉

〈私は、高山を愛する旅行者です。高山では、よく、原口旅館を利用しました。

その時、温かく接してくれた若女将の明るい笑顔は忘れられません。

その若女将の原口由紀さんが、突然、病死したと聞いて、驚きました。どうしても、あんなに元気だった由紀さんが、病死するなんて信じられません。原口旅館を利用した人たちは、みんな、そういっています。そんな私の耳に、彼女は、殺されたのではないかという話が、伝わってきました。

三田先生、もし、本当のことを隠しているのなら、勇気を出して事実を公《おおやけ》にして下さい。お願いします〉

〈おれは、お前が、原口由紀を殺したんだと思っている。掛かりつけの医者なら、一服盛るのは、簡単だからな。殺しておいて、自分で、死亡診断書を作る。そうじゃないのか。

誰に頼まれたんだ？　彼女の母親か？　それとも他の人間か？　本当のことをいえ！〉

〈おれの夢枕に原口由紀が出て来た。こういったんだ。三田という医者に、毒を盛られたってな。このままだと、お前も、いい死に方は、出来ないぞ〉

「この他、父には、最近、いやがらせの電話が、ひっきりなしにかかっていました」

と、省吾は、いった。

「その殆《ほとん》どが、無言電話でした。私は、出るなといったんですが、父は、医者ですし、何人かの方の主治医でしたから、電話に出ないわけにはいかなかったんです。それで、参ってしまったんだと思います」

　そんな三田省吾に、三浦警部が質問する。十津川と、亀井は、それを黙って聞いていた。

「この噂については、ご存知でしたか？」

「知っていましたが、最初は、他愛のないものだったんです。あんなに元気だった人が、どうして、急に亡くなってしまったのか。可哀そうにといった話で、父のことを、誹謗《ひぼう》するものはありませんでした。それが、いつの間にか、原口由紀さんは、殺されたらしいという話になり、うちの父が、それに加担しているんじゃないかという話になってきたんですよ」

「どうして、そんなことになったと思いますか？」

「わかりません。ただ――」

「ただ、何です？」

「誰か、悪意のある人間が、そんな噂を流しているんだと思います」

「心当たりが、ありますか」

「あればとっくに、警察に話しています。父を自殺に追いやった人間を、ぜひ、探し出して下さい」

3

まだ、捜査を続ける県警の刑事たちを残して、十津川たちは、病院を出た。

「また死人が出ましたね」

と、亀井が、いった。

「事件が、続いている証拠だよ」

十津川は、断定するように、いった。

興奮して、夜の宮川の岸を歩く。ラーメンの屋台を見つけて、食べることにした。

「警部は、どう思われますか？」

ラーメンを食べながらの話になった。

「噂のことか？」

「そうです。原口由紀が、病死ではなく、殺されたんだという噂のことです」

「東京で殺された崎田は、そう信じていたんじゃないかな。だから私に、調べさせようとした」

「ええ」

「他にも、同じ疑いを持った人間は、沢山《たくさん》いたんだと思うよ。由紀と短大で同窓だったという四人の娘もいたじゃないか。それに、名前をいわずに、私に、小坂井茂をめぐる夕子と由紀の争いを話してくれた男もいる。だが、真相は、不明だ」

「三田院長の自殺は、どう思いますか？　本当に、自殺ですかね？」

亀井が、疑わしげに、いう。

「カメさんは、自殺じゃないと、思っているのか？」

「どうも、今回の件では、疑わしいことが、多いですからね。人間を、信じられなくなっています」

と、亀井は、いい、

「警部だって、同じ気持ちじゃないんですか？」

と、きいた。

十津川は、一瞬、答えに、迷った。

原口夕子は、自分にとって、初恋の相手だった。だから、常に、甘い追憶が、つきまとっている。

追憶は、大事にしたいと思う。

それは、一つしかないものだからだ。

だから、夕子を、信じたい。彼女は、殺人なんかに関係はしていないと思いたい。

「いや」

と、十津川は、いった。だが、

(原口夕子だけは、信じているよ)

と、いう言葉は、呑《の》み込んでしまった。

熱いラーメンは、美味《うま》かった。食べ終わり、ゆっくり歩いて、旅館に戻ると、夕子が、顔色を変えた。

「大変なんです!」

と、十津川たちに向かって、叫んだ。

「三田院長が死んだことですか?」

十津川が、いうと、夕子は、険《けわ》しい眼になって、

「どうして、知ってるんです?」

「散歩の途中で、偶然、パトカーが、三田病院に入って行くのを見て、知ったんです」

「私、ちょっと、行って来ます!」

と、夕子は、いい、タクシーを呼んで、出かけて行った。

それを見送ってから、亀井が、

「本当に、あわてていましたね」

「主治医が、変死したんだ。あわてるのが、自然だろう」

「私は、別のことを考えてしまったんですが」

亀井は、思わせぶりに、いう。

思わず、十津川は、腹が立って、

「カメさん！」

と、声を荒らげた。

「申しわけありません」

亀井が、あわてて、いう。

「もう一度、飲みたくなった。カメさん、つき合わないか」

と、十津川は、いった。

「喜んで、つき合いますよ」

十津川は、仲居に頼んで、部屋に、酒と、肴《さかな》を運んで貰った。

十津川は、地酒を口にし、亀井は、焼酎を飲む。

十津川は、弱い筈なのに、今夜は、不思議に酔わなかった。

「カメさん」

「何です？」

「初恋なんか、するものじゃないな」

「どうしたんです？」

「さっき、カメさんを、怒鳴ったことなんだが」

「あれは、私が、悪かったんです。申しわけありません」

「違うんだよ」

「――――」

「あの時、実は、カメさんと同じことを、考えてしまったんだ。そんな自分に、自分で腹が立ってね」

初恋を語る時には、一つのルールがある。

それは、相手の今を、あれこれ、詮索《せんさく》しないことだ。

（それなのに、おれは、刑事根性丸出しで、あれこれ、夕子の今を詮索している。これは、ルール違反だし、初恋について語る資格はないだろう）

「ちょっと、窓を開けましょう」

亀井が、急に立ち上がって、窓を開けた。

夜の冷気が、一時に、流れ込んできた。

亀井は、グラスを手に、出窓に、腰を下ろして、

「あれこれいっても、初恋はいいものですよ」

と、いった。

「私は、初恋の相手に、裏切られましたが、彼女を憎んじゃいませんよ。今でも、初恋というと、彼女を思い出すんです」

「――――」

「初恋の相手が何人もいれば、こっちの彼女が、駄目なら、向こうの彼女といえますが、初恋の女性は、たった一人ですからね。思い出を取りかえられないんですよ」

「カメさんは、いい人だ」

と、十津川が、いうと、亀井は、笑って、

「やめて下さい。初恋の相手に、そういわれて、見事に欺されたんですから」

十津川も、グラスを持って、出窓に、腰を下ろした。

「ああ、川の音が、よく聞こえるんだ」

「夜ですからね」

亀井も、何となく、感傷的な気分になっているらしかった。

4

翌日、地元のテレビは、三田院長の自殺を、大きく報じた。

改めて、十津川は、三田院長が、この高山市で、有力者であることを知った。

その三田院長が突然、死亡、それも、自殺したのだから、テレビニュースが、大きく取り上げるのは、当然だろう。

朝刊にも、一面に、三田院長の自殺が、大きく取り上げられた。

しかし、十津川たちが見た遺書は、家族宛《あて》のものということで、テレビも、新聞も、取り上げなかった。

妻の節子《せつこ》と、息子で、副院長の省吾は、テレビと、新聞で、自殺の原因は、心ない人々の中傷によるものだと話した。

「三田は、医者として、誠実に、仕事を続けてきました。そのことは、皆さんが、よく知っていました。それなのに、H・Yさんの病死について、嘘の死亡診断書を作ったのだという噂を立てられたり、その際、金を貰ったのだろうといった中傷を受けて、ずっと悩んでおりました。突然の自殺の原因は、そのこと以外に考えられません。主人は、何よりも、名誉を重んじる人でしたから」

と、節子は、涙ながらに語ったという。

息子の省吾の方は、もっと激しい口調で、記者に向かって話したという。

「無言電話は、連日、かかっていました。中傷の手紙も、二十通以上、届いていました。私は、これは、意図的になされたものだと思います。多分、父の名声をねたむ人たちが、流したものだと思っています。心当たりもありますので、証拠が見つかったら、警察に、告発するつもりでいます」

と、いう談話が、のった。

同じ新聞に、十津川は、三枝の名前を発見して、ちょっと、驚いた。三田院長の自殺について、談話を寄せているのだ。

三枝は、原口夕子の親戚で、夕子母娘に、湘南から、この高山への引っ越しと、旅館の経営をすすめた人間と、十津川は、聞いていた。

経営コンサルタントで、同時に、県会議員だと聞いたが、新聞にのったのは、県会議員としての談話だった。

「今朝、私は、悲しい知らせを聞いた。三田院長の死である。三田院長は、私の古くからの友人、いや、尊敬する人生の師といっていい人である。その人が、死んだ。それも自殺したという事実は、これ以上ない衝撃だった。同時に、私は、三田院長を自殺に追いやった中傷と、デマを、激しく憎むものである。H・Yさんの死について、無責任な噂が流れていたことは、私も気付いていた。しかし、この噂は、事実に反していることなので、自然に消えるものと楽観していたのだが、なぜか、その矛先《ほこさき》が、三田院長に向けられ、遺《のこ》されたご家族の話では、日毎《ごと》に、三田院長に対する中傷や、攻撃が、激しくなっていたのだという。

中でも、金を貰って、いつわりの死亡診断書を作ったという中傷は、医療一筋に生きてきた三田院長にとって、もっとも堪《た》えがたいものだと思う。形は、自殺でも、私は、三田院長が、殺されたものと断じざるを得ない。

幸い、息子さんは、この悪質なデマや中傷について、心当たりがあると、いっておられる。私にも思い当たる人物がいる。私は、幸い、県議会で、警察関係の仕事をしているので、県警に、お願いして、この憎むべき犯人を、絶対に逮捕し、罰して貰うつもりである」

これが、三枝の談話だった。

「大変なことになりそうですね」

亀井は、朝刊を見て、十津川に、いった。

「問題は、県警の動きだな」

と、十津川は、いった。

「警部は、どうすると、思いますか？」

「三田院長の家族が、県警に、告発すれば、県警としても、捜査せざるを得ないだろうね」

と、十津川は、いった。

「院長の息子は、犯人はわかっているようなことをいっていますが、本当に、わかっているんですかね？」

「それはどうかな。もし、本当にわかっているのなら、院長が自殺する前に、何らかの手を打っているんじゃないのかね」

と、十津川は、いった。

朝食の時、十津川は、給仕をしてくれる仲居に、

「女将さんは、どうしている？」

と、きいた。

仲居は、用心深く、

「どういうことでしょう？」

と、きき返した。

「三田院長の自殺のことですよ。主治医の自殺だから、女将さんも、相当、ショックを受けている筈ですよ。それに、三田院長の自殺は、ここの娘の由紀さんの件が絡《から》んでいるわけだしね」

と、十津川は、いった。

「今、女将さんは、どうしている？」

亀井が、きいた。

「お客さんと、会っています」

「お客さんと？」

「三枝さんです。ご親戚の」

と、仲居は、いった。

「経営コンサルタントで、県会議員のね」

「ええ」

「何の用で、来ているのかね？」

と、亀井は、きいた。

「私には、わかりません」

　仲居は、用心深く、いう。

「三田院長の自殺のことで、話しに来たに決まっているだろう」

　と、十津川が、口を挟んだ。

「そうじゃないの？」

「さあ。どうでしょうか」

　と、仲居は、とぼけたが、その表情は、十津川の質問に、イエスと肯いていた。

「三枝さんは、よく、女将さんを訪ねてくるの？」

　亀井が、箸《はし》を置いて、仲居に、きいた。

「ええ」

「由紀さんが亡くなる前も、来ていたんじゃないのかね？」

「女将さんは、よく、三枝さんに、相談なさっていましたから」

　と、仲居は、いう。

「相手は、経営コンサルタントだし、この町の有力者なんだから、この旅館の経営について、いろいろ、相談していたんですよね？　そうじゃないの？」

「だと思いますけど」

「三枝さんって、どういう人かね？」

と、亀井は、きいた。

「信用のおける人だと聞いていますけど」

仲居は用心深く、答えた。

「三枝さんは、県会議員だということも聞いたんだけど、どんな県会議員なのかね？偉そうにしているのか、それとも、どんな小さな相談にものってくれるような議員なのかな？」

十津川が、きいた。

その質問に対して、なぜか、仲居は急に、膝を乗り出してきた。

「三枝先生に頼めば、たいていのことが、うまくいくって聞いたことがありますよ。だから、あの先生は、人気があるんです。あの先生の政党の人はみんなそうですけど」

と、いう。

どうやら、この仲居は、三枝の入っている政党のファンらしい。

「そうか。いろいろと、力を貸してくれる先生なんだ」

「ええ。お願いすれば、結婚式にも出てくれるし、県がなかなかやってくれないことでも、三枝先生にお願いすれば、急に、出来るようになるみたいですよ」

「じゃあ、ここの女将さんや、娘さんのことでも、三枝さんは、いろいろと、相談にのっていたんだ」

「そうなんです」

「三田院長とも、三枝さんは、親しかったらしいけど、病院は、どんなことを、三枝さんに頼んでいたんだろう？」

と、十津川が、きく。

「ああいう大きな病院だって、悩みは、いくらでもあると思いますよ。税金対策とか、人事問題とか、いろいろとね。ああ、そうだ。あの病院は、以前問題を起こしたことがあるんですよ」

仲居は、だんだん、能弁になってきた。もともと、話好きなのかも知れない。十津川たちが、刑事だというので、抑えていたが、急に、そのタガが外れたのか。

「どんな問題を起こしたのかな？」

と、十津川は、きいた。

「これは、聞いた話なんですけどね」

と、仲居は、声をひそめてから、

「あそこに、副院長をしている息子さんがいるんです」

「知っている。昨日、会った」

「あの息子さんは、バクチ好きで、そのことから、この辺の暴力団と、関係が出来てしまったんですよ」

「なるほど」

「S組っていうんですけど、三田院長も脅《おど》かされて、下手《へた》をすると、病院自体をS組に乗っ取られそうになってしまったそうなんです」

「警察にいわなかったのかな?」

「そんなことをしたら、息子さんが、トバクで捕まっちゃうじゃありませんか」

「それで、三枝さんに頼んだわけか」

「これは、あくまでも、噂なんですけどね、三枝先生が中に入って、丸くおさめたんですって。その代わり、三田病院は、お金をS組に払ったみたい」

「三枝さんは、それだけ、力があるんだ」

「力というか、いろいろ、コネがあるんじゃありませんか。本当に頼りになる人ですよ。今度のことだって、三枝先生が乗り出したみたいだから、何とかなると思いますよ。腰の重い警察だって、三枝先生に尻を叩かれれば、動かざるを得ないでしょうしね」

　と、仲居は、いった。

「君は、どう思うの？」

　亀井が、きいた。

「三田院長が自殺したことですか？」

「いや、院長が、死亡診断書に嘘を書いたという噂の方だよ。三田院長は、そんなことをする人だと思うかね？」

　と、亀井が、きいた。

「あの先生は、立派な方ですよ。そのことは、誰でも知っています」

「それなのに、なぜ、妙な噂が立ったりしたのかね？」

「それは――」

「それは何だい？」

「ここの若女将の死に方が、あまりにも、急だったからですよ。あたしだって、びっくりして、嘘じゃないかと思いましたもの。いろいろ、噂が立っても、不思議じゃありませんよ」

　と、仲居は、いった。

と、仲居はいい、また、用心深い顔に戻ってしまった。

「私に、そんなこと、わかる筈がないじゃありませんか」

「新聞によると、三枝さんは、デマを流した犯人に、心当たりがあるようなことをいっている。三田院長の息子もだ。どんな人間が、犯人か、わかるかね？」

と、十津川が、口を挟んで、

「しかしねえ――」

5

翌日、朝食がすむと、十津川と、亀井は、県警の三浦警部に会いに出かけた。

彼は、高山警察署にいた。

三浦は、難しい顔をして、十津川たちを迎えた。

「困っているみたいですね」

と、十津川が、いうと、三浦は、肯いて、

「三田院長の自殺について、自殺に追いやった犯人を見つけ出すように、命令されましてね。どうも、こういう捜査は、苦手でしてね」

「それは、三田院長の息子さんが、告発したからですか」

「何といっても、三田院長は、この高山市の有力者でしたからね」

「三枝さんからの要請もあったんじゃありませんか？」

十津川が、きくと、三浦は、苦笑して、

「よくわかりますね」

「地元の新聞に、彼の談話がのっていましたからね」

「三枝議員は、警察関係にも、強い影響力を持っていますからね。彼の言葉は、無視できないんですよ」

「いろいろとコネを持っている人みたいですね」

「それが、彼の強さでね」

と、三浦は、いう。

「新聞にのった談話では、今度の犯人に心当たりがあるように、三枝さんはいってます。三田院長の息子さんも。それなら、犯人は、すぐ、捕まるんじゃありませんか」

十津川が、いった。

三浦は、笑った。

「二人とも、何人かの名前をいっていますよ。しかし、よく聞いてみると、全部、日頃、自分が、嫌な奴だとか、煙たい奴だなと思っている人間の名前でね。何の証拠もないんです」

「なるほど、そういうことですか」

「こういうデマの犯人を見つけるのは、大変です。姿が見えない。だから、デマなんですけどね」

「原口由紀の死が、病死だということは、間違いないんでしょう?」

と、十津川は、きいた。

「そりゃあ、医者の証言があるし、死亡診断書もありますからね」

「三田院長の死亡診断書ですね」

「あの先生は、信用のおける人だ。誰もが尊敬しています」

「それなら、一時的に、妙な噂が出ても、自然に、消えるものですがねえ。なぜ、今回の件に限って、いつまでも、噂が消えず、三田院長を自殺にまで追いつめたんですかね?」

「それは、やはり、犯人がいて、煽動《せんどう》し、あれこれ、画策《かくさく》しているからじゃないですか」

と、三浦は、いった。

「しかし、誰が、そんなことをするんですか？」

亀井が、きいた。

三浦は、小さく、首を振って、

「わかるものですか。多分、騒ぎを起こして、喜んでいる人間がいるんです」

「愉快犯？」

「この高山は、平和で、静かな町です。私は、好きなんですよ」

と、三浦は、いう。

「私も好きですよ」

十津川も、いった。

「しかし、この平和な静けさが、がまんならないという奴もいるんじゃないですかね。頭のおかしな奴がですよ。そういう奴は、騒ぎを起こすのが好きなんですよ。無責任にね。そんな奴は、主義主張もなく、ただ、騒ぎたいだけだから、見つけるのも大変です。三田院長のことを恨《うら》んでいた人間を追っていっても、見つからないと、思いますからね」

三浦は、小さく、肩をすくめて見せた。

「私たちも、協力しますよ」

十津川が、いうと、三浦は、変な顔をして、

「十津川さんは、警視庁の、しかも、捜査一課の方でしょう。それが、どうして、管轄外の岐阜県の、こんな事件に興味を持たれるんですか？」

と、きいた。

他の刑事たちも、一斉に、十津川に眼を向けた。

それは、興味なのか、反撥《はんぱつ》なのか、わからなかった。

「私たちは、東京で起きた殺人事件を捜査しています」

と、十津川は、いった。

「それは、知っていますよ」

と、三浦が、答えた。

「東京の殺人事件と、今回の事件が、何らかの関係があるのではないかと、思っているからです」

「今回のって、三田院長の自殺ですか？」

「それに、デマと中傷もです」

と、十津川は、いった。

三浦は首をかしげてしまった。

「失礼ですが、私は、何の関係もないと思いますがねえ」

「それなら、それでいいじゃありませんか。とにかく、私たちにも、デマの犯人探しを、手伝わせて下さい」

と、十津川は、いった。

6

二人は、高山警察署を出た。

朱塗りの橋を渡り、川沿いを歩く。

「確かに、三浦警部のいう通り、高山は、平和で静かな町だね」

と、十津川が、感心したように、いった。

「連中の表情を見ましたか？」

亀井が、腹立たしげに、いう。

「連中って？」

「高山署にいた連中ですよ。協力して、デマの犯人を探すと警部がいったとき、明らかにバカにしたような表情をしてましたよ」

と、亀井が、いう。

「そうだったかね」

「警部は、本当に、東京の殺人事件と、三田院長の自殺や、デマが関係していると、思われるんですか？」

「ああ。思っている」

「どんな風にですか？」

と、亀井が、更に、きいた。

「今回の一連の事件を見ていると、何か、狂っているように見えるじゃないか。最初に起きた東京の殺人事件にしてからが、奇妙だった。ニセ弁護士、そして、母娘の取り違えだよ。その殺人事件を追って、高山に来てみれば、娘の方の病死が、ひょっとすると殺されたのじゃないかという声がある。そして、一人の日本画家をめぐる母娘の争い。かと思えば、その日本画家が、殺されてしまった。そして、今度は、病院長の自殺だ。何か狂っているとしかいいようがない。そう思わないか？」

逆に、十津川が、きき返した。

「確かに奇妙ではありますが」

「更にいえばだね、ひょっとすると、何者かが、一連の事件を、狂ったように見せているんじゃないかと疑うことも出来る」

と、十津川は、いった。

「よくわかりませんが」

「私にも、上手《うま》く説明できないから、いらいらするんだが、冷静に見ると、一連の事件は、すっきりと説明が出来るストーリィになっているのかも知れないと思っている。だが、犯人は、それにヴェールをかぶせて、わからなくさせているんじゃないか。われわれは、そのヴェールの方に気を取られて、事件の本質を見失っているんじゃないか。一見すると、全ての事件が、バラバラに見えるが、本当は、密接に結びついているんじゃないか。そんな気がしているんだよ」

と、十津川は、いった。

自分でも、うまく説明できていないと、わかっていた。

これは、事件のカギが見つからないせいなのか。それとも、初恋という甘い追憶が、自分の眼を狂わせてしまっているのか。十津川自身にも、まだ、わかっていないのだ。

旅館に戻ると、夕子に会いに、三枝が、また来ていた。

十津川は、その三枝に、話を聞くことにした。

「今日は、何の用でいらっしゃったわけですか？」

と、十津川が、きくと、三枝は、ちらりと、夕子に眼をやってから、

「今、彼女は、三田院長の自殺で、強いショックを受けています。三田先生は、主治医だし、由紀さんの死亡診断書を書いてくれたんですからね。ショックは、当然なんですよ。それで、ボクは、彼女を励ましに来たというわけです」

と、いう。

「新聞にのっている三枝さんの談話を拝見しました。それには、三田院長を自殺に追いやった誹謗中傷について、犯人を知っているように書かれていましたが、あれは、本当なんですか？」

十津川が、きく。

今度は、迷いの表情になって、

「十津川さんが、警察の方だから、正直にいいましょう。何人か、怪しい人間は、知っていますが、まだ、決定的な証拠はつかんでいないのです。だから、県警に、ハッパをかけたんですよ。一刻も早く、犯人を見つけ出せといってね」

と、いった。

真顔だった。

「あなたのことで、いろいろと噂を聞きました。大変、面倒見がいいということですが、それは、県会議員としての仕事とお考えだからですか？」

「ボクは、議員もまた、パブリック・サーバント、つまり、県民への奉仕者であるべきだと思い、それを実践しているだけのことですよ」

三枝は、照れたように、いった。

「三田院長とは、昔からのお知り合いみたいですね」

「そうです。三田先生も、この高山の生まれだし、ボクもです。もっといえば、亡くなった父親も、三田先生のお世話になっているんですよ」

「大病院の三田病院も、苦しい時があったと聞いているんですが」

と、十津川が、いうと、三枝は、すぐ、十津川の意図を察して、

「十津川さんは、三田先生の息子さんの件を、いってらっしゃるんですね」

と、肯き、

「ああいう問題は、三田先生の手に負えないと思ったから、ボクが、手をお貸ししただけのことです。人間には、それぞれ、向き、不向きがあるじゃありませんか。三田先生も、息子さんも、名医だが、社会のダーティな部分を、切開するのは、不得手《ふえて》ですよ。その点、ボクは、政治をやっていて、社会の闇の部分のことも、少しは知るよ

うになっていましたのでね。ボクに委《まか》せなさいといったわけです」

「そんな時、警察は無力ですか？」

「警察は、民事不介入ですからね」

「相手は、地元の暴力団だったそうですね」

十津川が、いうと、三枝は、笑って、

「そこまで、ご存知なんですか。その通りです」

「よく、説得できましたね」

「どんな相手だって、誠意を持って当たれば、わかってくれますよ」

と、いってから、三枝は、ニヤッとして、

「まあ、これは、表向きのことで、そんなきれいごとですまないことは、十津川さんだって、ご存知ですよね。ボクは、警察関係の仕事もしているから、暴力団関係にも、自然、詳《くわ》しくなりましてね。握った連中の弱味を利用しました。多少、忸怩《じくじ》たるものがありましたが、毒をもって、毒を制すということがありますからね」

「承知でやった？」

「弁護士を頼んで、法律に訴えるのが筋でしょうがね。そんなことをしていたら、解決に、何年かかるかわからない。その上、解決しても、三田先生も、息子さんも、傷ついてしまう。それでは、何にもならない。十津川さんも、そう思われるでしょう？」

「わかりますよ」

「わかって頂いて、ありがたい」

「ただ――」

「ただ、何です？」

「私は、刑事ですから、いかなる場合でも、取引きはしません」

「そうでしょうね。だが、私は、政治家だ。政治の世界は、取引きなんですよ」

と、三枝は、いった。

7

自分たちの部屋に入るとすぐ、亀井が、いった。

「三枝という男は、一筋縄《ひとすじなわ》じゃいかない男ですね」

「そうさ。あの男は、一筋縄じゃいかないな。もっといえば、今回の事件で、要注意人物だといっていい」

と、十津川は、いった。

「要注意人物というのは、どういうことですか？」

「彼自身いったじゃないか。自分は、政治家だから、取引きをするって。彼は、意識せずに、いったのかも知れないが、例えば、三田院長の自殺についての発言だって、以前、院長の息子を助けたのだって、誰かと、取引きをしたと、いってるんだよ。単なる正義のためなんかじゃないんだ」

「そういう意味で、要注意人物ですか」

亀井は、難しい顔で、いった。

「今回の一連の事件の裏で、どうも、三枝が、動いているのではないかという気がしているんだが、具体的にどんな形で動いているのかが、わからない。私が、疑っているると感じたものだから、機先を制して、刑事と違って、政治家だから、相手と取引きをしますよと、平気でいっている。何か企《たくら》んだとしても、なかなか、尻尾《しっぽ》は、出さないだろうね」

と、十津川は、いった。

「金がらみですかね」

「三枝の行動がか？」

「三田院長の自殺について、彼を追いつめた人間を、見つけ出してやると、正義の使者みたいに、息まいている。それに、三田院長の息子が、トバクで、ヤクザと問題を起こした時も、院長に世話になっているからといって、助けたといいますがね。何か、金がからんでいるような気がしてきたんですよ」

と、亀井は、いった。

「これは、金になると思って、乗り込んだということかね？」

「あくまでも、私の推測ですがね。どうも、県会議員と、経営コンサルタントの二足のワラジというのが、もともと、気に食わないんですよ」

と、亀井は、いった。

「多分、議員になってからは、経営コンサルタントの方は、ボランティアでやっていて、それで、収入は得ていないというだろうがね」

「しかし、肩書きは、有効に使っているんじゃありませんかね」

と、亀井は、いった。

十津川は、三枝と、夕子の関係を考えていた。

まだ、彼女が、娘の由紀と、湘南から、この高山に来た理由が、納得できていないのだ。

親戚に当たる三枝のすすめで、高山に来て、旅館の女将をやることになったということなのだが、本当は、どうなのだろうか？

第五章　愛と苦悩

1

十津川は、かつて夕子が、夫殺しの容疑で逮捕された時、深い事情を全く知らず、最初は、誤認逮捕だと、息巻き、そのあとは、てっきり、自分が利用されたと思い込み、ひたすら夕子に腹を立てていた。

今、夕子が、関係する事件に向かい合った時、あの時の自分の勝手な行動や、勝手な思い込みが、負い目となって、十津川の心にのしかかってくるのだ。

今度は、間違ってはならないという思いである。逆に、刑事としては、甘くなってはいけないという、相反する感情も生まれている。

「何を迷っていらっしゃるんですか？」

と、亀井が、心配して、きいた。きっと、十津川が、思い悩んでいるように見えたのだろう。

「私は、あまりにも、原口夕子について、知らないことが多過ぎると、思っているんだ」

「それは、仕方がありませんよ。初恋の相手というのは、たいてい、五年、十年、いや、二十年たって、急に会うものですからね。その間のことが、わからないのが、当然なんです」

亀井は、あっさりと、いった。

「しかし、私は、途中で、彼女の関係した事件に、関わっているんだ。娘の由紀に、母親を助けてくれと、頼まれてね」

「その事件のことは、警部から聞いていますよ。夫殺しの嫌疑で、逮捕された事件でしょう」

「実は、あの時、夕子に会ってなかったんだ」

十津川が、いうと、亀井は、びっくりして、

「私には、夕子さんと会って、いろいろと、彼女のために、動いたように話されていましたが」

「本当は、あの時、会ったのは、娘の由紀の方だったんだ。彼女が、余りにも、私の想い出の中の夕子に似ていた。年齢も、顔立ちも、話し方もね。だから、私は、夕子に会ったと、錯覚してしまっていたんだ」

「いいじゃないですか。由紀さんは、警部の初恋の人と、瓜《うり》二つだったんでしょう」

「しかし、あの時も、今も、助けなければならないのは、想い出の中の二十三歳の夕子ではなくて、中年になった現実の夕子なんだ」

「警部のいわれていることが、よくわかりませんが」

と、亀井が、首をひねる。

「あの時、私は、現実の夕子に会わずに、県警の捜査に口を出したんだ。最初は、初恋の夕子を助けたい気持ちから、誤認逮捕だと確信していた。あの彼女が、人殺しなんかする筈《はず》がないと決め込んでね。それが間違ってるとわかると、今度は、彼女に利用されたと思い込んでしまった。結局、夕子は、無実となったんだが、あの時、私は、彼女について、何も知らなかったことを、思い知らされたんだよ」

と、十津川は、いった。

「しかし、今回は、しばしば、夕子さんに会っているじゃありませんか。それに、話もしていらっしゃる」

「だが、まだ、何回かしか会っていないんだよ。これで果たして、彼女のことを、理解したといえるだろうか？」

「人間が人間を理解するなんて、不可能ですよ」

亀井が、なぐさめるように、いった。

「それは、わかっているが、今回の一連の事件では、何よりも、夕子が、カギを握っているし、彼女を理解することが必要だと思っているんだ」

「それは、彼女が、犯人ということですか？」

と、亀井が、きいた。

「犯人かも知れないし、違うかも知れないが、彼女が、事件に深く関係していることは、間違いないと、思っている」

十津川は、そう、いった。

2

「もう一度、今回の事件を振り返って、どんな見方が、出来るか、考えてみたい」

と、十津川は、いい、すぐ、付け加えて、

「その際、夕子には、何の先入感も持たないことにする。今いったように、私は、夕子について、殆《ほとん》ど知らないといっていい。そんなとき、一番いいのは彼女についてはどこ白紙でのぞむことだ」

「じゃあ、それでいきましょう」

と、亀井も、いった。

二人は、メモに、今回の一連の事件を、書き出していった。

「第一の東京の殺人事件ですが、被害者の崎田という男が、弁護士と嘘《うそ》をついたり、死んだのを母親の原口夕子だといったりしたのは、わざと、そうしたに違いないと、いわれましたね」

と、亀井が、いう。

「他に、考えようがないんだよ。崎田が、由紀に惚れていたことは、間違いない。ストーカーという噂もあるがね。その由紀が、突然、病死してしまった。崎田は、それを信じなかった。しかし、弁護士でも、刑事でもない崎田には、調べる方法がない。それで、東京の私に会いに来たんだ」

「警部のことを、どうして知ったんでしょうか？」

「誰かが、教えたんだと思う」

「それは、誰ですか？」

「多分、原口夕子だ」

と、十津川は、いった。

「彼女がですか？」

「これも、他に考えようがないんだ。前の事件で、私は、夕子には会ってないが、娘の由紀には会っているし、名刺も渡している。その名刺が、由紀から、母親に渡っていたとしても、不思議はないからね」

「その名刺を、夕子さんが崎田に渡して、警部を訪ねさせたということですか？　出版社の、井之口という男からも、警部の名刺を手に入れたのは、関係者を、ごまかすためですね」

「そうだよ」

「とすると、夕子さんも、娘の由紀さんの病死に、疑問を感じていたということになってきますね」

「そうだ。夕子は、由紀が死んだ時、その場にいなかった。あの娘の突然の死、病死を信じなくても、不思議はないよ」

「しかし、なぜ、自分で、警部に会いに来なかったんでしょうか？」

亀井が、きく。

「考えてもみたまえ。地元の警察も、信用している三田院長も、病死説なんだ。その上、今、いったように、夕子は、高山を離れていて、由紀の死に立ち会っていない。となると、自分がいくら動き廻っても、どうにもならないと思っていたんだろう。そこで、由紀に夢中になっていた崎田のことを知り、私の名刺を渡して上京するようにすすめたんだと思うね」

と、十津川は、いった。

「弁護士を名乗らせたり、わざと、夕子さんと、由紀さんを間違わせたのは、夕子さんが、考えたことでしょうか？」

「恐らく、夕子の入れ知恵だと思うね。あれは、私を引きつけるエサだったんだと思っている」

「それでは、崎田を殺した犯人は、誰だと思われますか？」

「もちろん、由紀を殺した犯人だと思うよ」

と、十津川は、いった。

「具体的にいうと、その容疑者の中に、三田院長も入っていますか？」

「あの院長は、嘘の死亡診断書を、書いているからね。噂は、本当の、ことだと思う。

もし、事件に関係がないのなら、院長が、嘘の死亡診断書を書く筈がないよ」

と、十津川は、いった。

「その三田院長が、自殺してしまいましたが」

「カメさんだって、たんなる自殺と思っていないんだろう？」

「正直にいって、思っていません。タイミングが良すぎます」

と、亀井は、いった。

「次は、日本画家の小坂井殺しだが」

「湯布院で、背後から、殺されたんでしたね。この旅行には、女の影が、見えかくれしています。その女は、どうも、夕子さんに思えるんですが」

「遠慮しなくてもいいさ。私だって、彼女の名前が、頭に浮かんでいるんだ」

と、十津川は、いった。

「それでは、夕子さんが、犯人としましょう。動機は、やはり、娘の由紀さんのことでしょうか？」

「今のところ、他に考えようがないんだ」

と、十津川は、いった。

「とすると、娘の仇《かたき》討ちですか？」

亀井が、直截《ちょくせつ》にいった。

「それなら、ストーリィになっている」

と、十津川も、いった。

「娘の由紀さんが、病死に見せかけて殺された。母親が、娘を殺した犯人たちを、一人ずつ、殺して、復讐をしていることになってきますね。それで、三田院長も、小坂井画伯も殺された――」

「そうなってくるんだが、この証明は、難しいな」

十津川は、険《けわ》しい眼つきで、いった。

亀井も、肯《うなず》く。

「犯人の夕子さんに聞いても、正直に話してくれるとも思えませんし、三田院長と、小坂井、それに、他にも共犯がいるかも知れませんが、彼等が、なぜ、由紀さんを殺したか、わかりません」

「そうだな」

「もう一つ、私が、疑問に思っていることが、あります」

「夕子が、犯人だとして、誰か、共犯がいるのかということだろう？」

と、十津川は、いった。

「そうなんです。私には、彼女が、たった一人で、三田院長を自殺に見せかけて殺し、小坂井を湯布院で刺殺したとは、ちょっと考えにくいんです」

「男の共犯者か？」

「そうです。女同士のコンビとは、考えにくいんです。それで――」

と、亀井は、いいかけて、急に、口をつぐんでしまった。

「どうしたんだ？」

十津川が、きく。

「いえ。ただちょっと――」

「いいんだ。夕子に、恋人がいても、不思議はないよ。カメさんは、それを考えているんだろう？」

「まあ、そうですが――」

「私も、同じことを考えていたんだ。もし、夕子に男の共犯がいるとしたら、彼女の恋人か、由紀の恋人だろうとね」

「しかし、今のところ、われわれには、まだ、見えませんね」

と、亀井は、いった。

「あと、今までに、われわれの眼の前に現われた人間のことがある」

十津川が、いった。

「私の印象に残っているのは、経営コンサルタントで、県会議員の三枝ですね」

と、亀井は、いった。

「私は、三田院長の息子で、副院長の三田省吾だ」

と、十津川は、いった。

「三田院長は、青酸入りのウイスキーを飲んで死んでいたんでしたね。息子なら、簡単に飲ますことが出来ますね」

「それに、遺書が、父親の筆跡だと証言したのも、息子の三田省吾だ」

と、十津川は、いった。

「あの遺書も、考えてみれば、妙なものでしたね。自分に対する中傷について、抗議しているんですが、死ぬということは、一言も、書いてありませんでしたから」

「それは、私も、感じていたよ。だから、三田院長に、死ぬ気はなかったんじゃないか。ただ、自分に対する中傷の手紙や、無言電話に対して、抗議の文章を書き、それを、何処《どこ》かに発表する気になっていたのかも知れない。地方新聞にでもね。誰かが、それを、三田院長にすすめ、あの手紙を書かせてから、青酸入りのウイスキーを飲ませたことは、十分に、考えられるんだよ」

「ひょっとすると、手紙や、電話も、その犯人が、仕組んだのかも知れませんね。三田院長を追いつめて、あんな遺書めいたものを書かせるためにです」

「とすると、犯人は、息子の三田省吾の可能性が強いか？」

「そうですが、三枝だって、三田院長とは、古くからの付き合いだといいますし――」

亀井が、また、いい澱《よど》む。

「それに、夕子も、三田院長とは、親しかった。彼女がいえば、三田院長は、あのくらいの手紙は、書くだろうし、警戒せずに、すすめられるウイスキーを飲むだろうね」

と、十津川は、いった。

彼は、ひと息ついてから、煙草に火をつけた。

「問題は――」

と、十津川は、吐き出した紫煙の跡《あと》を眼で追った。

「夕子に、共犯者がいたケースだ。その共犯者は、何処にいるのか？」

「私は、この高山で、今までに会った人間の顔を思い出しているんですが、三田院長、息子の三田省吾、三枝、それに、原口夕子さん。あとは、県警の三浦警部、会ってはいませんが、殺された小坂井画伯。そんな顔しか浮かんで来ないんですよ。共犯者は、いったい何処にいるんでしょうね？」

と、亀井が、困惑した顔で、いう。

「しかし、何処かに、いるんだよ。夕子が、ひとりで二人の男を殺せる筈がない」

十津川は、強い調子で、いった。

「これから、また殺人事件が起きると、思いますか？」

と、亀井が、きいた。

「多分――」

と、十津川は、いった。

3

二人は、三枝に会いに出かけた。そのあと、三田省吾に会うつもりだった。

とにかく、推理をいくら重ねても、はっきりしなかったからである。

ＪＲ高山駅前の三枝の事務所で、会った。そこは、コンサルタント事務所であると同時に、県会議員三枝の事務所にもなっていた。

「ボクは、もう、知ってることは、全て、話しましたよ」

三枝は、そういって、二人を迎えた。

「昨日、三枝さんは、三田院長を、誹謗《ひぼう》中傷した人間を知っていると、いわれたんで、それを、教えて頂きたいと思いましてね」

と、十津川は、いった。

「ああ、あのことですか」

と、三枝は、小さく肯いて、

「正直にいって、具体的な名前は、わかっていないんですよ。ただ、県議会で、警察関係の人間との交流があるので、三田院長のことを悪くいっている人間のことなんか、耳に入ってくるんです」

「三田院長は、人格者だと聞いているんですが、悪口をいう人もいるんですか？」

十津川は、わざと、驚いて見せた。

三枝は、笑って、

「そりゃあ、どんな人格者だって、全員に好かれるとは限りませんからね」

「三田院長は、自殺でなく、殺されたんだという話もあるんですがね」

と、十津川は、いった。

「ちゃんとした遺書もあるのにですか？」

「あの遺書には、抗議の言葉はありますが、死ぬとは、書いてありませんでした」

「別におかしくはないでしょう。私の友人の遺書には、愛犬のことばかり書いてありましたよ」

と、三枝は、いった。

「面白い話ですね」

亀井が、いった。

「多分、自分が死んだあとの愛犬のことが、心配だったんだと思いますよ」

「なるほど」

「お二人とも、東京で起きた殺人事件を捜査しているんだと、いわれたんじゃなかったですかね？」

「その通りです」

「それなのに、いつまでも、高山にいていいんですか？」

三枝は、皮肉めいたいい方をした。

「そのうちに、帰京しようと思っています」

十津川が、いった。

三枝は、腕時計に、眼をやった。

「これから、三田クンと、飲むことになっているんですがね」

「三田病院のですか？」

「そうです。お父さんが自殺して、めいっているようなので、一つ、励《はげ》まそうかと思いましてね」

三枝は、電話を取って、ナンバーを押した。

「三田病院？　副院長さんに、かけているんだが――」

と、三枝は、笑顔で、いってから、急に、

「ええ、そんな！」

と、声を張りあげた。

「すぐ、そちらへ行きます！　三枝です。県会議員の」

「どうしたんです？」

と、十津川が、きいた。

三枝は、険しい眼で、十津川を、睨《にら》んで、

「また、三田病院で、事件です！　今度は、三田副院長だ！」

と、叫んだ。

4

三田病院には、県警の三浦警部たちが、すでに来ていた。

三田省吾は、中庭で、死んでいた。

白衣姿で、血が流れている。

「屋上から、転落したと見ています」

と、三浦が、十津川に、いった。

現在、午後八時を回ったところだった。

傍《そば》から、三枝が、噛みつくように、三浦に向かって、

「犯人は見つかったのかね？」

と、きく。

「まだ、殺人と決まったわけではありませんが」

「殺人に決まってるじゃないか。三田副院長が、なぜ自殺するんだ」

「父上が、自殺して、気落ちされていたんじゃないかと、思いましてね」

と、三浦がいうと、

「そんなヤワな男じゃないよ！」

と、三枝は、また大声をあげた。

「三枝先生は、殺されたと、お考えですか？」

三浦は、丁寧な口調で、きいた。

「だから、あんたが、出張って来たんじゃないの」

三枝は、相変わらず、怒った調子で、いう。

屋上から、刑事が二人、下を見て、

「ここに、副院長のものと思われるパイプが落ちています。看護婦の話では、院内禁煙なので、副院長はときどき屋上で、パイプをくわえていたそうです！」

と、大声で、いう。

三浦たちが、関係者の事情聴取を始めた。

十津川と、亀井は、病院の外に出た。期せずして、二人は、川岸に向かって歩き出していた。

「やっぱり、殺人が続きましたね」

歩きながら、亀井が、いった。

「それにしても、ここへ来て、矢つぎ早やだな。犯人は焦っているのかな」

十津川が、首をかしげる。

「ということは、同一犯人と、見ておられるんですか？」

と、亀井は、きいた。

「東京の崎田殺しは、犯人は、別だと思っている」

と、十津川は、いった。

「警部、お腹空《なかす》きませんか？」

急に、語調を変えて、亀井が、いった。

「そういえば、夕食が、まだだったんだな」

と、十津川は、苦笑した。

「そこに、うまそうな、そば屋がありますよ」

と、亀井がいい、二人は、その店に入った。

店のテレビが、しきりに、三田病院の事件を伝えていた。

二人は、思い思いに注文してから、テレビに、見入った。

店員の女も、奥に注文を伝えてから、十津川たちと一緒になって、テレビを見ている。

テレビカメラが、病院の玄関から、中庭へパンしていき、屋上にあがっていく。

十津川たちが、出てから、テレビ局が、押しかけてきたのだろう。

ザラザラしたコンクリートの屋上が、映る。

アナウンサーが、緊張した声で、喋《しゃべ》る。

「ここに、三田副院長愛用のパイプが落ちていました。ここから、中庭に転落したものと、思われます。三田副院長は、パイプを愛用していて、院内は、禁煙ということで、時々、屋上に出て、吸っていたといわれています」

これに合わせて、四十五、六歳の婦長が、マイクを向けられて、そのことを喋る。

「ええ。ご自分の病院なのに、遠慮しながら、屋上で、よく、パイプを、くわえていらっしゃいましたよ。そんなに遠慮なさっているのなら、いっそのこと禁煙なさればと、申し上げたこともあるんですけどねえ。ええ。たいていの人が、このことを、知っていましたよ」

アナウンサーの解説が続く。

「警察は、殺人の可能性が高いが、自殺の可能性も捨て切れないと、いっています。三田病院は、三田院長が、自殺したばかりで、皆さんが、相次ぐ不幸な出来事に驚いています」

このあと、亡くなった三田省吾の経歴が、紹介され、知人、友人の話が、続いていく。

その中には、三枝もいた。

三枝は、相変わらず、大声でまくし立てている。

「自殺？　そんなことがある筈がない。三田クンは、亡くなった父親の後を継いで、がんばるんだと、張り切っていたんですよ。そんな三田クンが、自殺なんかする筈がない！　これは、殺人ですよ！」

「犯人に、心当たりでも？」

と、アナウンサーが、水を向ける。

「心当たりはあるが、慎重に、警察とも意見を交換していくつもりでいる」

三枝は、思わせぶりに、いった。

そばが、運ばれてきた。

亀井は、鴨《かも》南ばんのそばを食べながら、

「三枝が、犯人に心当たりがあるみたいにいっているのは本当ですかね？」

「あれは、多分、犯人に向かって、喋っているんだと思うね」

と、十津川は、いった。

「じゃあ、本当に、三枝は、犯人を知っているといわれるんですか？」

亀井は、半信半疑の表情になっていた。

「多分という範囲だがね、私は、こんなことを考えているんだ。三田院長、三田副院長、そして、小坂井画伯の三人が、何かのグループに属しているとする。その男たちが、次々に殺されていった」

「連続殺人ということですか？」

「そうだ。三人は、自分たちが、なぜ、殺されるのかを知っていた」

「ええ」

「もし、四人目が、三枝だとすると、彼は、仲間の三人が、なぜ殺されたかを知っていて、犯人にも、心当たりがあるんだと思う」

と、十津川は、いった。

彼は、箸を動かし、天ざるを、食べ始めた。

「それなら、三枝は、なぜ、警察に、そのことを話さなかったんでしょうか？　三枝だけでなく、三田父子《おやこ》もです」

と、亀井が、いう。

「それは、公《おおやけ》になると、彼等に困ることがあるからだろうとしかいえない。彼等自身が、刑務所送りになるようなことがだよ。だから、警察に話すことが、出来なかったんだ」

「過去の何かですか？」

「それも、サギとか、傷害といった小さな傷じゃない。それなら、恥をしのんで、警察に話すだろうからね。何としても、そのことは、秘密にしなければならなかったんだと思う。絶対に知られたくない秘密。つまり、重大な犯罪だ」

「殺人――ですか」

「そうだ。殺人だ。他に考えようがない」

と、十津川は、いった。

亀井は、食べ終わって、お茶に手を伸ばした。

「原口由紀さんの件ですか？」

と、亀井は、いった。

「今、私の頭にあるのは、彼女の件だけだよ。他に、思いつかない」

「由紀さんは、病死でなく、殺されたということですか」

「証拠はないがね」

と、十津川は、慎重に、いった。

「もし、殺人としたら、なぜ、三田院長が、病死の死亡診断書を、書いたんでしょうか？　三田院長は、七十代で、この町では、人格者で通っています。そんな人間が、殺人をやるでしょうか？　しかも、相手が、由紀さんだとすると、子供というより、孫ですよ。三田院長が、まだ、四十代、五十代なら、若い由紀さんに対して、ストーカーみたいな感情を持ち、そのあげくに、殺してしまったのではないかという想像も出来ますが、七十代の老人に、そんなことが出来るとは思えないのです。第一、若い由紀さんに、力でも負けてしまうんじゃないですかね」

と、亀井は、いった。

「カメさんのいう通り、七十代の老人で、大病院の院長の三田医師が、二十代の由紀さんを殺すということは、考えにくい」

十津川も、肯く。

「しかし、三田院長も、殺人に関係したと考えておられるんでしょう？」

「そうだよ」

「何故《なぜ》ですか？」

「そこのそば湯を取ってくれ」

と、十津川は、亀井の質問にはこたえずに、いった。

亀井は、手元にあった、そば湯を、十津川に渡して、

「警部も、そば湯を飲まれるんですか？」

と、きいた。

「家内に、いわれているんだよ。そばを食べた時には、必ず、そば湯を飲めとね」

「どうしてです？」

「これは、家内の受け売りなんだがね。そばは、高血圧にいいといわれている」

「ああ。ルチンとかいうやつでしょう。私も聞いてますよ」

「ところが、そのルチンは、そばをゆでたときは、お湯の中に、沢山《たくさん》出てしまうんだそうだ。だから、必ず、そば湯を飲んで下さいと、家内にいわれるんだよ」

と、十津川は、いった。

「おいしいですか？」

「正直にいって、最初は、まずかったよ。何だか、残りカスみたいな気がしてね。しかし、だんだん、うまくなってきた。考えてみれば、そば湯というのは、カスじゃなく、エキスかも知れないからね」

「私も、飲むようにしますかね」

「そうだよ。カメさんも、中年の体形になってるんだから」

と、十津川は、笑った。

そのあと、十津川は、

「ところで、さっきのカメさんの話だがね」

と、話を戻した。

「七十代の老人の殺人ですね」

「あの三田院長には、出来ないかも知れないが、息子の副院長には可能だろう」

と、十津川は、いった。

「つまり、子供のためですか？」

「一人息子、それも、大事な病院の跡取りなんだ。その子のためなら、三田院長は、嘘の死亡診断書でも、書いたんじゃないかね」

と、十津川は、いった。

「親心ですか」

「だから、三田院長は、直接、殺人には、関係していないと、思っているんだよ。殺人に直接関係しているのは、息子の方だと見ている」

と、十津川は、いった。

「少しずつ、ストーリィが出来てきたじゃありませんか」

亀井が、眼を輝かせた。

「そうだな」

「まず、私が、私の考えたストーリィを話します。原口夕子さんが、高山を、離れている間に、殺人事件が、起きました。多分、こんな具合に起きたんだと思います。原口旅館には、若女将《おかみ》の由紀さんが残っていた。そこで、三田省吾、小坂井画伯、それに、三枝の三人、いや、他にもいたかも知れませんが、原口旅館を一日、借り切って、宴会を開きたいと、由紀さんにいった。地元の有力者だし、信頼がおける人たちなので、OKしたと思います。彼等に、最初から、殺意があったとは思えません。最初は、顔見知りの男たちが、美人の若女将に酒の相手をして貰《もら》うというだけのつもりだったと思います。それが、アルコールが、回ってくるにつれて、おかしくなってきたんだと思いますね。何しろ、三人とも、有力者で、金がある男たちです。金の力で、今まで、女を口説《くど》いてきて、うまくいったんだと思います。ところが、由紀さんに、はねつけられた。自尊心を傷つけられた男たちは、酒の酔いも手伝って、彼女をレイプし、あげくの果てに、口止めしようと、由紀さんを、殺してしまったのです」

「それから」

「酔いがさめてから、三人は、青くなりました。このままでは、三人とも刑務所入りです。そこで、三人の中の一人三田省吾の父親、三田院長に、助けを求めました。三田院長は、大病院の院長で、七十代、人格者です。ドロドロした事件からは、もっとも遠くにいる人間ですから、信用されます。三人は、親心を利用したわけです。三田院長は、話を聞いて、驚いたでしょうが、可愛い息子を助けるためです。由紀さんの死亡診断書を書きました。病死という診断書です」

「そのあとで、夕子が帰って来たわけだな」

「そうです。もちろん、夕子さんは、びっくりして、由紀さんの突然の死を、信じられなかったと思います。しかし、三田院長のことを信用しないわけには、いかなかったと思います。しかし、信じられないという気持ちは、ずっと続いていたと思うのです。ひょっとすると、娘は、殺されたのかも知れない。といって、誰を告発したらいいのかもわからないし、地元の警察も、三田院長の死亡診断書があっては殺人事件として、捜査することも出来ない。そんな時、夕子さんのところに、崎田が、現われたんだと思います。崎田も、由紀さんの病死を疑い、殺されたのではないかと考えていたんだと思います」

「それから」

「そこで、夕子さんは、考えたんだと思います。地元の警察が動いてくれないのなら、自分を、初恋の相手と思ってくれている十津川警部に調べて貰おうとです。夕子さんは、警部の名刺を渡し、嘘をついてでもいいから、警部の興味を引くように話してくれと、頼んだに違いありません。崎田は、そこで、警部に嘘を並べ立てたんだと思います。弁護士だといったり、夕子さんが、死んで、警部に、三千万円の遺産を残したとかです」

「だが、崎田は、東京で殺されてしまった――」

「由紀さん殺しに関係した三人は、三田院長のおかげで、由紀さんの死は、事件にもならずにすみましたが、いつ、真相が、バレてしまうかと、不安だったと思います。由紀さんの死に、一番敏感なのは、母親の夕子さんです。それで、三人は、夕子さんを、監視していたんだと思います。すると、崎田という妙な男が、夕子さんに会ったあと、高山を離れた。それで、彼等は、崎田を尾行したんだと思います。そうすると、警視庁の刑事に会っている。それで、崎田の口封じの必要を感じて、殺してしまったのです」

5

「ここまでが、前段といってもいいと思います」

と、亀井は、いった。

「そうだな。このあと、私たちは、高山に出かけたんだ」

「崎田の口封じをしたのは、結果的に、彼等にとって、マイナスだったんです。私たちが、正式に動くことが、出来るようになりましたからね。私たちが、高山に来て、由紀さんの病死は、おかしいという声も生まれてきました。夕子さんは、多分、崎田が、東京で殺されたことで、由紀さんの死は病死でないと確信を持ったんじゃないかと思うのです」

「夕子の復讐が始まったか？」

「そうです。私のこのストーリィは、どうでしょうか？」

「面白い。ただ、証拠はない」

「そうなんです。状況証拠しかありません。警部の考えられるストーリィは、どんなものですか？」

と、亀井が、きく。

「前段は、ほぼ、カメさんと同じなんだよ。特に、全てが、原口由紀の死で始まっているというのは、完全に賛成だ。そこから、一つの復讐劇が、始まったという点も、賛成だ。ただ、私たちが、高山に来たあとで、急に始まった殺人事件については、少し、違った考えを持っている。それは、共犯の存在だ」

　と、十津川は、いった。

「警部は、夕子さんが、犯人だとすると、共犯者がいる筈だと、いわれてましたね」

「夕子が、ひとりで、三田院長と息子を殺し、小坂井を殺すのは、無理だと思うからだよ」

「そうなると、二人は、協力して、三人の人間を殺したということになりますが？」

「そうだと思っている。ただ、共犯者の顔が、見えて来ないんだよ」

　と、十津川は、いってから、

「それでも、私は、こう考えている。二人は、協力はしたが、一緒になって、三人の男を、一人ずつ殺したのではないと思う。分担して、殺したのではないかと、考えているんだ」

　と、付け加えた。

「そういえば、警部を喫茶店に呼び出して、原口母娘《おやこ》が憎み合っていて、その原因が、坂井という画家をめぐる三角関係だといった男は、何者だったんでしょうか」

　と、亀井は、思い出したように、いった。

「三枝が、私たち警察の目を、小坂井一人に向けようと、さしむけたんじゃないかね」

そこまで喋ったところで、急に、十津川は、

「これから、旅館に戻って、夕子が、どうしているか、調べてみたい」

と、いった。

「そうですね。夕子さんが、三田省吾の殺しにも関係しているかも知れませんからね」

亀井もいい、二人は、立ち上がった。

十津川たちは、店を出て、原口旅館に向かった。

旅館に近づくと、玄関前に、パトカーが、二台、とまっているのが、眼に入った。

その二台のパトカーは、十津川たちの眼の前で、急発進して、走り去って行った。

十津川たちが、玄関に入って行くと、仲居が、呆然《ぼうぜん》とした顔で、突っ立っていた。

「どうしたんです？」

と、十津川が、きくと、仲居は、

「警察の人が、女将さんを連れて行ってしまったんですよ。何が何だかわからなくて」

と、いう。

「県警は、理由は、いわなかったの？」

「三田病院で、三田副院長が、死んだ。その件で、女将さんに聞きたいことがあるといってですよ。でも、女将さんに、何を聞くんでしょう？」

と、仲居は、いうのだ。

十津川は、亀井と顔を見合わせた。ついさっき、そば屋で、二人で話し合ったことを、思い出したからである。

「県警も、何かつかんだんでしょうか？」

と、亀井が、いった。

十津川は、仲居に向かって、

「今日、女将さんは、ずっと、ここにいたの？　特に、暗くなってからだが」

と、きいた。

仲居は、「ええ」と、肯いて、

「今日は、一日中、いらっしゃいましたよ。刑事さんたちの他に、五組のお客さんがあって、今日は、忙しかったんです」

「それなら、別に心配することはないよ」

「それなら、いいんですけど――」

「捜査本部に行ってみよう」

と、十津川は、亀井に向かって、いった。

6

高山署に着くと、気のせいか、署内は、騒がしかった。

三浦警部に会って聞くと、

「逮捕じゃありませんよ。任意の事情聴取です」

と、答えた。

「三田副院長の件ですね」

「そうです」

「何か関係があるということになったんですか？」

と、十津川は、きいた。

「目撃証言が、出たんです」

「目撃証言ですか？」

「今、司法解剖の途中ですが、三田さんは、今日の午後六時から、七時の間に、突き落とされたと考えられています」

「ええ」

「その間の時間に、三田病院の近くで、原口夕子を見たという証言が、出たんです」

「間違いありませんか？」

「その目撃者は、彼女のことを、よく知っている人間でしてね。間違える筈がありません。その時の彼女は、顔をかくすようにして、病院から出て来て、そそくさと、原口旅館の方向に消えたというのです」

「それで、本人は、何といってるんです」

と、十津川は、きいた。

「これから、事情聴取を行なうところですから」

と、三浦は、いった。

「目撃証人ですか？」

亀井が、小声で、十津川に、いった。

「いたらしい」

と、十津川は、いい、事情聴取が、終わるのを、署内で待つことにした。夕子が、どう答えるかに、興味が、あったからである。

三十分後に、夕子の事情聴取が、終わった。

しかし、それが終わったあとの三浦警部は、不機嫌そのものの表情をしていた。

三浦は、待っていた十津川の顔を見ると、一言、

「黙秘です」

と、いった。

「原口夕子は、黙秘しているんですか？」

十津川も、意外な気がした。

三田副院長の死には、無関係だと主張するものと、思っていたからだった。

「何をきいても、答えないんですか？」

と、十津川は、念を押した。夕子らしくないと、思ったのだ。

「そうです。こんなに、非協力的では、今日は、帰すわけにはいきませんね」

三浦は、腹を立てていた。

「目撃証言について、夕子に話したんですか？」

「話しましたよ。正直にいいますとね、私は、目撃証言があっても、原口夕子が、病院の屋上から、三田副院長を、突き落としたとは、考えにくかったんですよ。それで、彼女から弁明の言葉が聞けるのではないかと、ひそかに期待していたんです。ところ

が、何をきいても、黙《だ》んまりです。これでは、逆に、彼女が、三田副院長を突き落としたと思わざるを得ませんよ。心証は間違いなく、悪くなっています」

三浦は、斬《き》り捨てるようにいった。

「彼女は、なぜ、黙秘しているんだと、思われますか？」

と、十津川は、きいた。

「多分、彼女は、目撃証人なんかいるとは、思っていなかったんだと思いますね。その証拠に、最初は、任意同行にも、進んで応じてくれたし、署に来る車の中でも、よく喋っていたんです。ところが、ここに着いて改めて、事情聴取を始めたとたんに、態度が一変してしまったんです。だから、目撃証人のためとしか、思えないのですよ」

と、三浦は、繰り返した。

三浦は、更に、付け加えて、

「目撃証人がいたことで、びっくりしてしまい、何か喋ると、自分に不利になると、考えたんだと思いますよ。だから、黙秘に変わったんでしょう」

「私が、彼女に話をきいても構いませんか？」

と、十津川は、きいた。

「それは、構いませんが、彼女は、何も喋りませんよ」

「わかっています」

と、十津川は、いった。

彼は、取調室に、夕子と、二人だけにして貰った。

和服姿の夕子は、青ざめて見えた。が、十津川の眼には、それは、追い詰められて、怯《おび》えているようには見えなかった。

逆に、その表情は、自信にあふれているようにさえ、見えた。

「今晩は」

と、いって、十津川は、向かい合って、腰を下ろした。

夕子の口元には、微笑が、浮かんだ。が、それで、口を開くわけでもなかった。

「三浦警部が、困っていましたよ。あなたが、何も話してくれないので」

「――」

「私は、三田副院長殺しに、あなたは、無関係だと思っている。旅館の仲居さんも、あなたが、今日一日、ずっと、旅館にいたといっていた。なぜ、そのことを三浦警部に主張しないいんですか？」

「――」

「三浦警部は、あなたに好意を持っていて、あなたの口から、否定して貰いたかったんだと思いますよ」

「――」

「三浦警部は、今回の事件で、目撃証人がいたので、あなたが、びっくりしてしまい、それで、黙秘しているんだと見ているようですよ」

「――」

「このまま、黙んまりを続けていると、あなたに不利になるばかりだと思います。反論した方がいい」

と、十津川は、いった。

それでも、夕子は、口を開かなかった。

翌朝一番で、十津川も混じえて、高山署で、捜査会議が開かれた。

本部長の署長が、三浦にきく。

「君は、原口夕子の四十八時間の勾留を望んでいるが、彼女は、もともと、参考人として、呼んだんじゃないのかね？」

「そうですが、今や、彼女は、殺人事件の容疑者です」

「その根拠は、何だね？」

「三田副院長が、転落死したと、思われる時間に、病院から逃げ出してくる原口夕子を見たという証人がいるからです」

「その証人は、誰なのかね？　信用のおける人間なのか？」

「三枝議員の友人で、三田副院長とも親しかった松田《まつだ》という、駅前で和菓子の店を出している人間です」

「どんな具合に、原口夕子を目撃したといっているんだ？」

「松田は、三田病院に入院している母親に会いに、午後六時五十分頃、病院に来たそうなのです。その時、顔をかくすように出て来た原口夕子に、会ったというのです。声をかけようとしたが、相手は、逃げるようにして、立ち去ってしまったと、いっています」

「松田という人間については、よく調べたんだろうね？」

「もちろん調べました。母親が、入院していることも事実です。母親の名前は、松田章子《あきこ》。七十歳で、高血圧症で、一週間前から入院しており、今日の午後七時少し前に、息子が会いに来たと、看護婦も証言しています」

と、三浦は、いった。

「その松田と、原口夕子とは、知り合いなのか？」

「それほど、親しくはありませんが、何度か、松田の店で作った和菓子を、原口旅館におさめたことがあるので、お互いに顔は、よく知っているそうです」

「それで、君は原口夕子を容疑者だと、考えているわけだね？」

「そうです。松田という目撃証人がいるのを知って、彼女は、黙秘してしまったのです。何を喋っても、自分に不利になると、考えたからじゃありませんか」

「この松田という証人の名前は、原口夕子にいったのか？」

　署長が、きく。

「いいえ、名前は告げていません。ただ、目撃証人がいるということだけは、伝えました。とたんに、顔色が変わりましたから、ショックを受けたことは、間違いないと思います」

　と、三浦は、いった。

「結論として、君は、原口夕子が、三田病院の屋上で、三田副院長を突き落としたと考えているんだね？」

「その通りです」

「動機は、何だね？」

　と、署長が、きく。

「娘の由紀のことしか考えられません。夕子が、高山を留守にしていた時に、由紀は死に、三田院長は、病死の診断書を書いています。母親の夕子は、それに納得できなかったのではないかと思うのです」

「しかし、私は、納得していたと聞いているがね」

「それは、表向き、納得したように見せていたのだと思います。何といっても、三田院長は、この町の名士ですからね。だが、本当は、納得していなかったのではないか。自殺した三田院長に対して、中傷の手紙や、いやがらせの無言電話があったといわれていますが、あれは、原口夕子が、やったのではないかと、私は、思っています。彼女の不満は、三田院長が、自殺したあとは、院長の息子の省吾氏に向けられていたことが、推測されます」

と、三浦は、いった。

「つまり、こういうことだね。原口夕子は、娘の由紀の死は、病死ではない。それを、三田院長と息子の副院長は、誤魔化していると思って、憎んでいた。それで、三田副院長を、屋上から突き落とした。そうだね？」

「そうです。それが、動機です」

「三田副院長は、時々、パイプをくゆらすために、病院の屋上へ行っていたんだったな？」

「そうです。病院内は、禁煙でしたから」

「原口夕子は、そうした副院長の習慣を知っていたことになるね？」

「はい」

「他にも、その習慣を知っている人間が、いるんじゃないのかね？」

「看護婦や、他の医者も、たいてい知っていたようです」

と、三浦は、いった。

「ということは、副院長が、屋上で、パイプを使うというのは、三田病院では、有名なことだったというわけだな？」

「そうです。ですから、原口夕子も、充分知っていたと思われるのです。彼女は、病院に入り屋上に行って、三田副院長が、あがってくるのを、じっと待っていたのだと、私は思っています。そして、副院長が、あがって来て、ほっとして、パイプをくわえる。それを、原口夕子が、そっと忍び寄り、いきなり背後から突き落としたのではないかと、私は思っています」

「しかし、彼女が、突き落としたという直接証拠は、まだないんだな？」

署長が、いった時、刑事が入って来て、署長に何か囁《ささや》いた。

署長が、十津川に、眼を向けた。

「原口夕子が、君に会いたいといっているそうだ」

と、署長は、十津川に、いった。

「会うかね？」

「会いたいと思います」

と、十津川は、肯いた。

十津川は、夕子と、取調室で、二人だけにして貰った。

夕子に対して、甘くはなるまい。といって、突き放すこともしまい。

そんな気持ちで、取調室に入り、夕子と、向かい合った。

「私に、何か話したいことがあるみたいですね」

と、十津川は、いった。

ぎこちないいい方なのは、自分でもわかった。

そんな十津川の態度に比べて、夕子は、別に、身構えても、怯えてもいなかった。

「十津川さんも、県警の方と同じで、私が、三田副院長を殺したと思っていらっしゃるんでしょうね？」

微笑しながら、いう。

十津川は、イエスともノーともいえなくて、

「黙秘は止《や》めたんですね」

と、いった。

「ええ」

「その方がいい。主張すべきことは、主張した方がいい」

「別に、主張したいことなんかないんです」

と、夕子は、いった。

「しかし、私と、話をしたいといった筈だ」

「お願いが、一つあるだけなんです」

と、夕子は、いった。

「どんなことですか？」

「私が、三田病院から出て来るのを見た人がいると、三浦警部さんが、いいました」

「ああ、目撃証人のことですね。そんな筈がないと、否定するのは、あなたの自由だ。ただ、黙っていては、認めることになるから、損ですよ」

と、十津川は、忠告した。

「私が知りたいのは、その証言をした人の名前なんですよ。三浦警部さんは、私のこ

とをよく知っている人だと、いっていましたけど」

「そうらしいですね」

「十津川さんは、その人の名前を聞いていません？」

「なぜ、知りたいんです？」

「教えて貰えなければ、また、黙秘するより仕方がありません」

夕子は、きっぱりと、いう。

「ちょっと待ちなさい」

と、十津川は、いった。

彼は、三浦警部に会い、

「目撃証人の名前を、原口夕子に教えて構いませんか？」

と、きいた。

「教えて貰えれば、黙秘を止めて、何もかも喋ると、いっています」

「それで、黙秘は、止めるんですか？」

三浦は、意外そうな顔で、きき返した。

「そういっています」

「構いませんよ。どうせ、裁判になれば、検事側は、証人として、呼ぶことになりますからね」

と、三浦は、いった。

十津川は、それを受けて、もう一度、夕子に会うと、

「駅前で、和菓子店をやっている松田という人が、三田病院に入院している母親に会いに来て、その時、あなたを見たと証言している」

と、伝えた。

「あの松田さんが」

「あなたとは、知り合いだそうですね」

「ええ。私のところに、何回か、松田さんの和菓子を入れて貰ったことがありますわ」

と、夕子は、いった。

「向こうも、だから、あなたの顔は、わかっていると、いっているそうですよ」

「あの松田さんが――」

と、夕子は、呟《つぶや》いてから、急に、ニッコリして、

「よく、わかりました」

と、いった。

十津川は、その笑い方が、気になって、

「何が、わかったんです？」

「全て、わかりました」

「何だか、変だな」

「何が、かしら？」

「何が、わかったといっているのかが、わからない」

と、十津川は、いった。

第六章　終章への歩み

1

原口夕子が、解放されたと、十津川は署を出たあと、聞いた。

ふたたび高山署に行き、三浦警部に、本当かときくと、

「二時間前に、解放しましたよ。もともと、任意同行でしたから」

という返事が、戻ってきた。

「しかし、彼女が、三田病院から出て来るのを見たという目撃証人が、いたんじゃありませんか？」

「ええ。しかし、あれはどうやら、勘違いだったようです」

と、三浦は、いう。

「何か変ですね」

と、十津川が、いうと、三浦は苦笑して、

「実はちゃんとしたアリバイが、あったんですよ」

「彼女のアリバイですか？」

「決まっているじゃありませんか」

と、三浦は、腹立たしげに、

「それも、やたらに、しっかりしたアリバイですよ。問題の時間に、彼女は、身元のはっきりした人間二人と、会ってたんです」

「しかし、それなら、なぜ、最初から、そのことを、いわなかったんですかね？」

「警察を、からかってるんですよ」

三浦は、また、顔をしかめた。

「からかった？」

「そうですよ。わざと、アリバイをいわずに、警察が、どう出るか、見ていたに違いないんです。われわれが、必死になっているのを、きっと、ニヤニヤ笑ってたんだと思いますね。そして、最後に、はい、これを見てくれといって、アリバイを見せて、われわれを、コケにしたんです」

と、三浦は、いった。

（少し違うな）

と、十津川は思った。

原口夕子が、わざと、アリバイを主張せず、署に同行したのは、警察をからかうためではなく、自分を罪に落とそうと、ニセの目撃談をした人間が何者なのか、知りたかったからに違いない。

十津川が、取調室で、夕子と二人だけになった時のことを思い出していた。

彼女は、十津川に向かって、こういったのだ。

「私が知りたいのは、その証言をした人の名前なんですよ。三浦警部さんは、私のことをよく知っている人だと、いっていましたけど」

そのあと、その名前を教えて貰《もら》えれば、黙秘をやめると、いったのである。

それで、十津川は、三浦警部の了解をとって、その証人は、和菓子店主の松田だと教えた。

それを聞いた時の夕子の表情も忘れられないのだ。

夕子は、あの時、

「あの松田さんが――」

と、呟《つぶや》いてから、急に、ニッコリして、

「よく、わかりました」

と、いったのである。

十津川は、その笑い方が、気になって、

「何が、わかったんです？」

と、きいたのである。

そのあとの夕子との言葉のやり取りは、今も、鮮明に、覚えているのだ。

「何が、わかったんです？」

「全て、わかりました」

「何だか、変だな」

「何が、かしら？」

「何が、わかったといっているのかが、わからない」


それが、あの時の会話の全てだった。

今になると、よくわかるのだ。夕子は、目撃証人が誰か知りたかったのだ。

そのために、簡単に、署に同行し、アリバイのことをいわずに、黙秘して警察をいら立たせた。

その揚句《あげく》、黙秘をやめるからといって、目撃証人の名前を聞き出した。

夕子は、松田という和菓子店主のことをよく知っていて、なぜ、彼が、嘘《うそ》の証言をしたかわかったのだろう。

知りたいことを知ったあとは、隠しておいたアリバイを、口に出して、解放されてしまった。

「それで、彼女は、今、何処《どこ》にいるんですか？」

と、十津川は、三浦に、きいた。

「ちゃんと、原口旅館に、帰っていると思いますよ」

三浦は、やや、投げやりに、いった。

もう、彼女には、関係したくないという口ぶりだった。

十津川は、亀井を誘って、原口旅館に戻った。

旅館の前へ来て、十津川は、亀井には、

「今日に限り、君は黙っていて欲しい」

と、頼んだ。

亀井は、わかりましたと肯《うなず》き、口にチャックする恰好をした。

旅館の入口は、しーんと静まり返り、従業員の姿も見えなかった。

気配を察して、奥から和服姿の夕子が、出て来た。

夕子は、強い眼で、十津川を見すえて、

「何かいいたそうですね」

と、いった。

「あなたを助けたいんですよ」

十津川は、夕子を見返して、いった。

「私は、助けなんか、要《い》りません」

「しかし、私を呼んだじゃありませんか。助けてくれといって」

「そんなことを、いった覚えはありません」

「あなた自身は、助けてくれとはいわなかったかも知れないが、崎田という男を東京に寄越して、いわせた筈《はず》ですよ。彼に、私の名刺を持たせて、私に、由紀さんの死の真相を調べさせようとした。その計算は、東京で彼が殺されたことで、思わぬ方向に動いてしまったが、警視庁の捜査が開始されたことで、結果的にあなたの計算通りになっているんじゃありませんか。由紀さんの死の真相を、捜査して貰いたいんでしょう？　違うんですか？」

「もういいんです」

と、夕子は、いった。

「何が、もういいんですか？」

「もう、全てわかりましたから、十津川さんたちの助けは、必要ないんです。これからは、私の好きなようにさせて下さい」

と、夕子は、いった。

「高山署の取調室で会った時も、同じようなことを、いっていましたね。全てがわかったと。あれは、どういう意味だったんですか？」

十津川が、きいた。

「意味は、ありませんわ」

「あなたは、三田副院長殺しについて、完全なアリバイがあったのに、それを隠して、わざと、高山署に連行されて行き、自分のことを、目撃したという証人の名前を聞き出している。その直後にアリバイを持ち出して、解放されている。明らかに、松田という和菓子店主の名前を聞き出すために、芝居をしたとしか思えないんですよ。なぜ、そんなことをしたんですか？」

「自分のことを犯人だ、といった目撃証人のことを、知りたいのは当然じゃありません？」

「それで、自分を犯人に仕立てようとした松田さんを殺すんですか？」

十津川が、きくと、夕子は、笑って、

「とんでもない。松田さんは、よく知っています。三枝さんに、お世話になったかたです。きっと、勘違いされたんだと思いますから、恨《うら》みなんかありませんわ」

「それだけですか？」

「もう、やめませんか。崎田という人が、十津川さんに助けを求めたとしても、私には関係ありませんし、私には、十津川さんの助けは、要りませんから」

「それは出来ませんね。私たちは、東京で起きた殺人事件の捜査に来ているので、それが解決しなければ、東京には、戻れないんです」

「じゃあ、私には、構わないで下さい」

「それも、出来ませんね」

と、十津川は、いった。

2

　この間、ずっと、旅館の入口での会話だった。さすがに、夕子も、申しわけないと思ったのか、二人の刑事を、奥の部屋に招じ入れてくれた。

　夕子は、自分で、お茶を淹《い》れた。その間、会話が途切れた。

「これから、あなたは、何をするつもりですか？」

　と、先に、十津川が、口を開いた。

「なぜ、そんなことを、十津川さんに、いわなければ、いけないんでしょう？」

「今のあなたは、私の助けを必要としているからですよ」

「いいえ。必要ありません」

　と、夕子は、いう。

「じゃあ、私がいいましょう。あなたが、今、助けを必要としている理由です」

「なぜ、そんなことが、十津川さんにわかるんでしょう？」

「私が、刑事だからです。それに、今回の一連の事件を冷静に見て来たからです。いや、一時は、冷静に見られなかった時もあったが、今は、冷静に見ています」

十津川が、いうと、夕子は、挑戦するように、

「本当に、今回の事件の真実が、わかったんですか？」

と、きいた。

「わかったと思っています。それを、これから、話しますから、あなたも、本当の気持ちを、私に話して下さい」

と、十津川は、いい、話し始めた。

「今もいったように、あなたは崎田という男を、私のところに寄越して、娘の由紀さんの死について、私に調べさせようとした。崎田が殺されたので、結果的に、私たちが、高山へ来て、あなたに会った。だが、あなたは、本当のことを話してくれなかった。多分、話したくても、証拠がなくて、話せなかったんだとは思いますが、あなたの気持ちだけでも、私に話して貰いたかったと思いますよ」

「――――」

「私や亀井刑事は、あなたが何も話してくれないので、真実のまわりを右往左往するばかりだった。それどころか、妙な方向へ走ってしまったりもした。例えば、あなたと娘の由紀さんが、画家の小坂井の愛を争ったのではないか。そんな疑いまで、持ってしまったんです。その方向へ突き進むと、嫉妬から、あなたが娘の由紀さんを殺し、

揚句に、愛人の小坂井まで、湯布院で殺してしまったのではないかとさえ、思い込む瞬間があったんです。もちろん、今は、そんな考えは、持っていませんがね」

「構いませんわ。私が、悪い女であることは、間違いありませんから」

と、夕子は、いう。

「崎田という男のことから、私は、由紀さんの死に問題があるらしいことだけは、わかっていました。しかし、三田病院の院長が、病死の死亡診断書を書いている上、その院長が、高山の町で、大きな信望があり、人格者だと聞いて、困惑してしまいました。由紀さんの死に問題があるということは、病死が嘘だということになるのに、病死とした三田院長が、信頼できる人間ということで、わからなくなってしまったのです。その後、三田院長の周辺の人間関係がわかるにつれて、少しずつ、事実が、推測できるようになってきました。三田院長の息子のこと、三田院長と、三枝議員との関係などもわかってきました。それに、小坂井という日本画家の存在もです。そうしたことを含め、あなたが、私に話してくれていたら、いくつかの殺人を、私は、防ぐことが出来たと思うのです。それが、残念でならないのですよ」

「全て、私が、悪いことになるんですか？」

夕子は、光る眼で、十津川を見つめた。

「そうは、いっていませんよ。今回の事件は、由紀さんの死に発していて、それは、病死でないとすれば、彼女を殺した人間と、その死を、病死とした人間が、一番悪いに決まっています」

と、十津川は、いった。

「それなら、それでいいじゃありませんか」

夕子は、怒ったような口調で、いった。

「そうはいかないのです。今もいったように、私は刑事で、殺人事件の捜査に、ここに来ているからです」

「それなら、さっさと、犯人を逮捕すればいいじゃありませんか」

と、夕子は、いう。

「それなら、自首してくれますか」

十津川が、いった。

夕子は、険《けわ》しい眼になって、

「私が、一連の事件の犯人だとおっしゃるんですか？」

「そうです」

「証拠は、あるんですか？」

「ありません」

と、十津川は、いった。

夕子の顔に、皮肉な笑いが、浮かんだ。

「それなのに、私を、犯人扱いなさるんですか」

「証拠はなくても、あなたが犯人だという推理は、出来ますよ。全て、推理ではありますが、その推理には、自信を持っています」

と、十津川は、いった。

「それ、ぜひ、お聞きしたいものだわ」

夕子は、また、挑戦的な眼となった。

「三月八日に、由紀さんは、心臓発作で、死んだことになっています。彼女の友人四人が、その日の午前九時頃電話したときは、彼女は、元気な声で、楽しみに待っているといったそうです。それなのに、四人が、原口旅館に着いたら、大さわぎになっていて、由紀さんは、急性心不全で亡くなったといわれて驚いたが、信じられないと、いっています。四人が高山に着いたのは、八日の午後三時すぎだといいますから、その間に、由紀さんは、殺されたことになります」

「私は、その時、隣町で、同業者の会合に出ていて、携帯で知らされて、あわてて、高山に帰って、由紀の死を知ったんです」

「知っていますよ。それで、私は、由紀さんは、病死ではない、殺されたと考えました。証拠はありませんが、だからこそ、そのあと、殺人事件が連続して起きたんだと、思っていますからね。殺された人間は、それに絡《から》んでいるのではないか。崎田は、例外として、三田院長と息子、小坂井画伯です。それに、この三人と、連なっている三枝議員です。どんなケースが考えられるか、考えてみました。まず三田院長です。彼は七十代で、よく知られた人格者です。彼が、由紀さんを殺すとは考えにくい。しかし、病死という嘘の死亡診断書を書いた。あくまでも、由紀さんが殺されたとしてですがね。三田院長は、なぜ、嘘の死亡診断書を書いたのか。普通なら書かないものを書くケースが、唯一考えられるのは、病院を守るためか、一人息子を守るためですよ。だから、私は、こう考えた。三月八日に、由紀さんは、殺されて、それに、まず、三田院長の息子が、関係しているんじゃないかとです」

「それで？」

「由紀さんの四人の友人に詳《くわ》しい話を聞くと、三月八日の午前九時頃に、電話した件について、彼女たちは、まず、原口旅館にかけたが、いなかったので、次に、由紀さんの携帯にかけたといっているんです。つまり、この時、由紀さんは、旅館にいたのではなく、別の場所にいたことになります。では、何処にいたのか。一つ考えられるのは、三田院長の別荘です。確か、高山郊外に、別荘がありましたね。しかし若い由紀さんが、男と二人だけで、そんな別荘へ行く筈はない。第一、午後三時すぎには、四人の友人が、原口旅館の方へ訪ねてくることになっていた筈ですからね。とすると、何人かと一緒に、三田院長の別荘に行ったことになります。それも、信頼できる人間とです。それで、私は、三枝議員を考えました。三枝さんは、親戚だし、県会議員ですからね。それでも、まだ、おかしい。なぜなら、なぜ、由紀さんが、三月八日に、三田院長の別荘に行ったのか、その理由が、わからないからですよ。何か理由は、ある筈です。それで、私は、日本画家の小坂井のことを考えたんです。彼は、あなたや、由紀さんのことを描いている。次の個展の出品作にぜひ、あなたを描きたいので、デッサンだけでもしたいと、小坂井画伯が頼めば、律儀《りちぎ》で、人のいい由紀さんは、オーケイして、三田院長の別荘へ行ったんじゃないかと思いますね」

「――――」

「多分、あなたも、そう考えたんだと思います。その時、別荘には、由紀さん、三枝議員、院長の息子、そして、小坂井画伯の四人が、いたと思われます。そこで、何があったのかは、想像するより仕方がありません。一つの可能性として、私は、こんなことを考えました。小坂井画伯が、由紀さんにポーズをとらせて、デッサンをしていて、急に、裸になってくれないかと頼んだ。今度は、君のヌードを描きたいからといってですよ。由紀さんは、断わる。その場にいた三枝と、三田院長の息子は、いいじゃないか、芸術なんだ、くらいいったんじゃないか。とにかく、由紀さんは、若くて、美人で魅力がありますからね。或《ある》いは、もともと、三人は、ある下心をもって、由紀さんを、別荘に連れて行ったのかも知れません。由紀さんが、激しく拒否し、母に話しますといったのかも知れない。そうなって、このことが、公《おおやけ》になれば、三枝は、議員の椅子を失うかも知れないし、三田院長の息子も、信用を失ってしまう。それで、由紀さんを、黙らせようとして争い、殺してしまった。私は、そんなストーリィを考えたんですよ」

「――――」

「由紀さんが死んでしまって、三人は、われに返った。狼狽する。このままでは、三人とも刑務所入りだ。特に、三枝議員と、三田院長の息子は、青くなった。そこで、息子は、父親の三田院長に電話で泣きついた。三枝議員も、院長を説《と》き伏せる。三田院長は、病院を守るためと、一人息子を守るために、嘘の死亡診断書を書くことを承知した。彼等は、ひそかに、由紀さんの死体を、旅館に運び込み、旅館で、急病死したことにしてしまったんですよ」

「――――」

「あなたは、知らせを受けてあわてて、旅館に帰ったが、もう、全て、処理されてしまったあとだった。もちろん母親として、娘の急病死なんか信じたくなかったと思いますよ。寸前まで元気だったんですからね。しかし、信望のある三田院長が、病死と診断したのでは、それを引っくり返せない。だがあなたは、私が、今、いったような想像で、三人が、由紀さんを殺したと、結論づけたに違いない。と、いって、警察に話しても、信用して貰えない。そこで、ひとりで、由紀さんの仇《かたき》を討つことを決意したんだ。違いますか？」

「――――」

「まず三人の中で、一番弱い画家の小坂井に、あなたは、狙《ねら》いをつけた。あなたは、彼と一緒に、九州まで旅行し、油断させておいて、湯布院で、殺害した。次は、三田院長です。多分、あなたは、院長の良心を責め立てたんだと思いますね。無言電話もかけたと思うし、手紙も書いたかも知れない。もともと、人格者だった院長は、自分のやったことに、自責の念を感じていたんだと思います。それで、耐え切れなくなって、院長は自殺してしまった。それでも、なお、病院と息子を守りたくて、あんな遺書になったんだと思いますね」

「――」

「あなたは、次に、院長の息子を狙い、殺してしまった」

「ちょっと、待って下さい。私には、副院長の死について、アリバイがある筈です。それは、どう考えていらっしゃるんですか」

夕子は、微笑して、十津川を見た。

十津川が、顔をゆがめる。

「確かに、あなたには、アリバイがあるんだ。だが、あなたが、三田院長や、息子を、殺したがっていたことは、間違いないと、思っていますよ。それに、あなたは、最後に、三枝議員を、殺す気でいる。そうでしょう？」

「証拠は？」

「ありませんが、あなたは、わざと、警察に同行して、目撃証人の名前を、知ろうとした。なぜなのか、考えてみたんですよ。目撃証人は、和菓子店の主人の松田だと私がいったとき、あなたは、ニッコリして、これで、わかりましたと、いいましたね。あれは、何だったのか、考えたんです。松田という人は、確か、三枝議員と親しかったんじゃありませんか。それに、三枝議員の世話になったこともあるのでしょう。つまり、松田という人は、三枝議員に頼まれたら、嘘の証言もするということですよ。あなたは、それで、わかりましたといったんだ。つまり、三枝議員が、自分の敵だと、再確認したんじゃありませんか。彼も、由紀さん殺しの一人だということを、確認したんですよ。そうですね？」

「――――」

「私はね、刑事なんです。あなたが、次の殺人に走るとわかっていて、それを見逃すわけにはいかないんです」

と、十津川は、いった。

「証拠はないでしょう？」

と、夕子は、いった。

「証拠？」

「私が、三枝さんを殺すかも知れないと、おっしゃるけど、その証拠はあるんですか？」

と、夕子が、きく。

「残っているのは、三枝議員一人ですよ」

「勝手に決めつけられては、困るんです。第一、三田副院長が殺された件だって、私には、アリバイがあるんですよ」

と、夕子は、いい、そこで、十津川は、黙ってしまった。

3

最後に、夕子は、

「出かけて来ます」

と、いって、立ち上がった。

夕子は、車に乗った。十津川は、それを、ただ、見送っていた。

「追いかけないんですか？」

亀井が、きいた。

「ああ、出来ないよ」

と、十津川が、いった。

「しかし、警部は、彼女が、三枝議員を殺すと思っておられるんでしょう」

「ああ、思っているよ」

「それでも、手をこまねいているんですか？」

と、亀井が、きいた。

「彼女が、三枝議員を狙うという証拠はないんだ」

「しかし――」

「一番参っているのは、三田副院長の件だよ。あれは、明らかに殺人だ。私は、夕子が、犯人だと思ったんだが、彼女には、はっきりした、アリバイがあった」

「作られたアリバイなんじゃありませんか？」

と、亀井が、いう。

「警察が、作られたアリバイに、欺《だま》されるとは、思えないんだよ。証人は、二人もいるといっているしね」

と、十津川は、いった。

「警部らしくありませんね。自分に自信を失うなんて」

「何か、間違っているんだよ」

「何がですか？」

「それが、わかれば、いいんだが――」

十津川は、考え込んだ。

彼は、突っ立ったまま、煙草をくわえた。が、火をつけずに、ポケットにしまった。

「彼女は、魅力がある」

と、十津川は、呟いた。

「夕子さんなら、あんな魅力的な女性は、いませんよ」

亀井が、いった。

「彼女は、恋人がいても、おかしくはないんだ」

と、十津川は、いった。

亀井は、首をかしげて、

「そうかも知れませんが、もし、恋人がいたのなら、警部に助けを求めずに、その恋人に、助けを求めるんじゃありませんか?」

「彼女は、私に、助けを求めては、いないと、いっている」

「でも、ここへ、呼んだんですよ」

と、亀井は、いった。

「それは、わかっているんだ」

「それに、いくら、事件を調べても、夕子さんの恋人らしい男の影は、見えて来ないじゃありませんか。原口旅館にも何処にもです」

「見えない恋人かな」

「何ですか？　それは――」

「彼女の近くにいない恋人だよ」

「そんなのは、意味がありませんよ。そんな男は、助けになりません」

「そうだな」

「警部は、共犯者のことを、考えておられるんじゃありませんか？」

と、亀井は、いった。

「わかるかね？」

「何となく、わかりますよ」

「初恋の女に、助けてくれといわれて、いや、そういわれたと思って、高山へやって来た。面白いものだね。そうなると、男は、女に、恋人がいるなんてことは、全く考えない。自分一人が、頼られていると、思い込んでしまう。だから、彼女に共犯がいるなんてことは、みじんも、考えたくなかったんだよ。男の思い上がりだな」

「――」

「彼女は魅力的だ。だから、恋人の一人や二人、いてもおかしくないんだよ。冷静に考えれば、そうなるのに、考えようとしなかった」

「いないと思いますよ」

と、亀井は、いった。

「どうしてだ?」

「彼女は、警部と飲んで、酔っ払って、うわ言《ごと》で、由紀を殺したのは、自分だといったんでしょう。もちろん、自分が手を下したという意味じゃなく、守ってやれなかったということだと思いますが。もし、恋人がいるのなら、そんな時、彼と一緒に飲むんじゃありませんかね」

亀井は、強い調子で、いった。

「しかしねえ。いないという断定の方が、難しいんだよ」

十津川は、なおも、いった。

亀井は、なおも、強い調子で、

「私たちは、高山へ来てから、彼女にずいぶん、接触しています。しかし、まだ、彼女の恋人という男に会っていませんよ。普通なら、ぼんやりとでも、わかるんじゃありませんか?」

「彼女が、努《つと》めて、恋人のことを隠しているのかも知れない」

と、十津川は、いった。

「なぜ、そんなことをするんですか? 夕子さんが、人妻なら、夫以外の恋人を隠すでしょうが、彼女は、今、独身なんですから」

「だから、余計、わからなくなるんだよ」

と、十津川は、いった。

「警部の疑心暗鬼じゃありませんか。警部は、思う通りに、夕子さんの助けになれずにいるので、彼女に、恋人がいる、という疑心暗鬼に捕われているんじゃないかと、思うんですが」

「確かに、彼女の助けになれずにいることへの拘《こだわ》りは、ないとはいえないんだが、それだけじゃないんだ」

十津川の言葉は、何となく、弱々しく、はっきりしなかった。

「夕子さんの何処が、おかしく思われているんですか？」

と、亀井が、きいた。

「今もいったんだが、共犯者の存在なんだ。今でも、私は、夕子が、死んだ娘の仇を討っているのだと確信している。しかし、彼女一人では、どうしても不可能だということもあるんだ」

「三田院長の息子の件ですか？」

「そうだ。だいたい三田病院関係の事件では、夕子の姿は、見えないからね。共犯者が、いるような気がして仕方がないんだよ」

と、十津川は、いった。

「郵便配達人と同じじゃありませんか？」

亀井が、ぽつんといった。

「郵便配達？」

「よく、いるじゃありませんか。見えない犯人ということで」

「ああ」

と、十津川は、肯いた。

「郵便配達人とか、警邏《けいら》の警官とか、そこにいても、いつも見なれているので気にならない。そんな人間は、犯人と考えることは、まずない。つまり、見えない犯人ということになる」

「そうですよ」

「病院の中で、見えない人間というと、医者か」

「それに、患者もいます」

と、亀井は、いった。

「そうだ。患者もいるんだ。医者じゃないかも知れないな。医者は、病院内では、権力者だから、中で事件があれば、まず、マークされてしまう。特に、被害者が、医者の場合は、医者同士の葛藤《かっとう》の線が調べられるからね。看護婦も同じだな。とすると、病院の中では、弱い立場にいる患者の方が、見えない犯人にふさわしいな」

十津川が、いった。

「そうですよ。医者が、夕子さんの恋人なら、平気で、会えている筈ですからね。もちろん、その医者に妻子がいれば、別ですが。しかし、妻子がいれば、共犯者にはならんでしょう」

と、亀井は、いう。

「患者、それも入院患者だ」

十津川は、断定する調子で、いった。続けて、

「入院患者の中に、夕子の恋人がいて、それが共犯者になっているに違いない。それなら、納得できるな」

と、十津川は、いった。

「調べましょう」

と、亀井が、いった。

4

二人は、三田病院に向かった。

事務局で、まず、現在の入院患者のリストを見せて貰った。

現在、男十人、女七人の入院患者が、三田病院にいると、いう。

十津川は、男十人の名前を見つめた。

この中に、夕子の恋人がいるに違いない。

未成年者は、まず、除外した。子供の入院患者が、四十代半ばの夕子の恋人とは考えにくいし、まして、共犯者とは、なおさら考えにくかった。

これで、十人が、六人に減った。

次は、七十歳以上の老人である。三人いたが、彼等は、いずれも、車椅子を使っていた。

七十代の老人だから、夕子の恋人にふさわしくないとは、いい切れないが、七十代で車椅子では、若い三田副院長を、屋上から転落させることは、難しいのではないか。

残るのは、三人だった。

三十代が一人、四十代が二人である。

三十代の患者には、妻子があり、時々、妻が、五、六歳の女の子を連れて、見舞いに来ているという。

四十代の一人は、結婚していて、もう一人は、かなり前に、妻を病気で失っていて、現在は独身だということだった。

その患者の名前は、小原良治《おばらりょうじ》である。

職業は、インテリアデザイナーで、半年前、交通事故に遭《あ》って入院、現在車椅子を使っていて、病院内で、リハビリ中だという。

「彼のところに、原口夕子さんが、見舞いに来たことは、ありませんか？」

と、十津川たちは、三階のナースセンターで、きいてみた。

小原の入っている個室は、三階にあったからである。

看護婦は、困ったという顔で、

「ここでは、面会者のチェックはしていませんから」

と、いった。

「しかし、面会人がゼロということはないでしょう？」

と亀井が、きいた。

「何回か女の人が、面会に見えたのは、見ていますけど」

「どんな女性ですか？」

「ジーンズ姿で野球帽をかぶり、サングラスをかけた人ですよ」

と、看護婦は、いった。

旅館の女将《おかみ》として、きちんとした和服姿という夕子とは、かけ離れているが、意識的に、そんな服装をしていたのかも知れないなとも思った。

二人が、看護婦と話していると、その小原良治が、病室から出てきた。

車椅子を自分で、器用に漕《こ》いで行く。

二人は、そっと、その後を追った。

エレベーターで地下におりていく。地下にあるのはリハビリルームだった。

広い体育館みたいな場所に、入院中の患者や、通いの患者が、集まっていた。

壁際に車椅子が、ずらりと並んでいる。

ここまで、車椅子でやって来て、指導員から、歩いたり、手の運動の指導を受けるらしい。

右半分のスペースでは、軽い患者が、自分で、リハビリをしている。自分のペースで歩いたり、バスケットボールを叩いたりしている。

大きな鏡が置かれていて、それに自分を映《うつ》しながら歩く練習をしている者もいる。

小原は、車椅子から離れると、そのフリーのスペースで、歩く練習を始めた。

左足をかすかに引きずっているが、かなり速い速度で歩く。

「歩けるんですね」

と、亀井が、小声で、いった。

「身体つきも、がっしりしている。あれなら、屋上で、隙《すき》を見つけて、三田省吾を突き落とすことも、出来そうだな」

十津川も、感心したように、歩く小原を見つめていた。

三十分近く歩行訓練をしたあと、今度は、中央部分で、ボールを使ったパンチングの練習を始めた。

「体力的には、問題なく、犯人として十分だな」

と、十津川は、いった。

それに、パジャマ姿で、車椅子で動いていれば、誰にも、怪しまれないだろう。

三田院長も、息子の副院長も、車椅子で近づいてくる患者が、自分を殺しに来たとは思わないに違いない。

「証拠がないいな」

と、十津川は、いった。

「そうですね。面と向かってきいても、否定するに決まっています」

「どうするかね」

「非常手段に訴えましょう。夕子さんは、三枝議員を狙っているんでしょう。時間がありませんよ」

と、亀井が、いった。

「じゃあ、君は、ここで、あの男を見張っていて、病室に戻るようだったら、私に知らせてくれ。私は、三階の彼の病室を調べてみる」

と、十津川は、いった。

再び、十津川は、エレベーターで、三階に戻り、小原良治の病室３１５号室に向かった。

個室なので、入りやすい。

病室だから、カギはかかっていない。

十津川は、中に入った。看護婦にとがめられたら、警察手帳を示して、了解を得るつもりだった。

八畳ほどの部屋である。

それに、トイレ、バスがついていた。

ベッド、テレビ、椅子が二脚、机、キャビネット、冷蔵庫もついていた。

（一日、二、三万はするんじゃないかな）

と、思いながら、十津川は、部屋の中を見廻した。

キャビネットには、着がえのパジャマや、下着、タオルなどが入っていた。

机の引出しを、上から、一つずつ、開けていく。

病院の売店で買ったらしい週刊誌や、便箋《びんせん》、ペン、ポテトチップスなどが、放り込んである。

一番下の引出しには、古い週刊誌が入っていたが、その下から、額縁に入った写真が出てきた。

その写真を、古雑誌で、隠していたと見えないこともない。

十津川は、その写真を、机の上に置いた。

中年のカップルの写真だった。

男は、小原良治で、女の方は、夕子だった。

小原は、二本の足で、ゆったりと立っているから、事故の前の写真だろう。

夏のスタイルだから、去年の夏の写真か。

二人が、知り合いで、それも、かなり親密だったということは、これでわかる。

十津川は、写真を引出しに戻した。

彼は、三階の看護婦長に会い、警察手帳を見せた。

「315号室に入っている小原という患者ですが、確か、事故で、入院しているんですね？」

「ええ、六ヵ月前ですよ。ずいぶん、よくなりました。今月中に、退院できると思います」

と、婦長は、いった。

「どんな事故だったんですか？」

「深夜でしたよ。午前一時頃でしたかね。救急車で運ばれて来たんです。何でも、酔って歩いていて、車道にはみ出して、車にはねられたということでしたね。まあ、軽傷の方で良かったんですよ。死ぬ場合もありますから」

「そういう事故ですか」

「きっと、嬉しいことがあって、酔ってたんじゃありませんか」

と、婦長は、いった。

「嬉しいことって？」

「よく見舞いにくる女の人がいるんですよ」

「野球帽をかぶった女性のことですか？」

「ええ。彼女とデートのあとで、嬉しくて、酔っ払ったんじゃないかって話があって」

と、婦長は、いった。

十津川は、このあと、亀井と消防署に行って、この事故のことを聞いてみた。

救急隊員が、話してくれた。

「女性の声で、事故を知らせてきたんです。すごく切迫した声でしたよ。連れが、車にはねられたから、すぐ来てくれと。場所は高山駅前です」

「それで、その女性は、名前をいいましたか？」

「いや、救急車で駆けつけた時は、男が、歩道の木の根元に、もたれるように座り込んでいて、女性はいませんでした」

「女性はいなかったんですか」

「あれは、男が、巻添えになるなといって、帰してしまったんだと思います。男の意識は、はっきりしていて、自分は、ひとりで酔っ払って、はねられた、と主張していましたよ。明らかに、女性を、かばっていたんだと思いますね」

と、救急隊員は、いった。

「それは、男が、連れの女を愛しているということになりますね？」

「そうでしょうね。結局、連れの女性の名前は、わかりませんでしたよ」

と、救急隊員は、いった。

「それに、あとで、三田病院の人に聞いたんですが、あの事故の日は、正確にいえば前日なんですが、男の誕生日だったそうです。カルテに、患者の生年月日を書き込んでから、気付いたといってました」

「すると、男は、誕生祝いを、彼女と一緒にやり、いい気分になって、車道にはみ出して、はねられたんでしょうね」

と、十津川は、いった。

「そうなりますね」

「だが、女のことが噂《うわさ》になるといけないと思って、先に帰らせてしまったんですね」

「優しいんだと思いますよ」

と、救急隊員は、いった。

きっと、二人は、強く愛し合っているのだ。ただ、その関係を、大っぴらにはしてなかったのだろう。

「夕子は、原口旅館の名物女将だったから、二人は、隠れて愛し合っていたんだと思うね」

と、十津川は、亀井にいった。

「そうでしょうね。娘の由紀さんと二人で、一生懸命にがんばっている時だから、内緒にしていたのかも知れませんね」

「小原が、事故で、三田病院に入院したあと、娘の由紀が殺されて、夕子は、仇討ちを決意した。たまたま、三田病院に入院していた小原は、三田院長父子《おやこ》を、受け持ったということじゃないのかな」

「どうしますか？　小原を逮捕しますか？」

「証拠がない」

「と、いって、このまま見逃せないでしょう」

「小原にぶつかってみよう。夕子が今、何処にいるか、知りたいからね」

と、十津川は、いった。

二人は、もう一度、三田病院に引き返した。今度は、警察手帳を示して、３１５号室に入った。

小原は、車椅子からおりて、椅子に腰を下ろし、ミルクを飲んでいた。

小原は、驚いた表情も見せず、二人の刑事を迎えた。

十津川は、向かい合って椅子に腰を下ろし、亀井は、入口のあたりに立っていた。

「何の用ですか?」

と、小原は、十津川を見た。

「原口夕子さんを知っていますね?」

十津川が、きくと、小原は「ええ」と、あっさり肯いてから、

「あなたが、十津川さんですね」

と、微笑した。

「彼女から、聞きましたか?」

「ええ。聞いています」

「それなら話し易《やす》い。彼女は、殺された娘の由紀さんの仇を討っている。まず、日本画家の小坂井を殺した。そして、今、三枝議員を殺そうとしています。今、彼女は、何処にいます? 教えて下さい」

「なぜ、ボクが、知っていると思うんですか?」

「あなたが、彼女の共犯者だと思うからですよ。あなたは、病院内の殺人を引き受けたんじゃありませんか。副院長の三田省吾は、屋上に出て、パイプを使うのを常にしていた。あなたは、屋上へ行った。車椅子でも、屋上へ出られますからね。三田副院長は、入院患者が、車椅子で近づいて来ても、別に、警戒はしなかったと思いますよ。あなたは、多分、こんにちはとでもあいさつしたんでしょう。三田副院長は、入院患者が、傍《そば》に来たので、パイプの煙をかけてはいけないと思って、あなたに背を向けて、パイプを吸った。あなたは、それを、背後から突き飛ばした。副院長は、転落して死亡した。そうなんでしょう？」

「証拠は、あるんですか？」

と、小原は、きく。

十津川は、笑って、

「証拠があれば、とっくに逮捕していますよ。私たちは、今は、何としてでも、夕子さんに、三枝議員を殺すのを、止《や》めさせたいと思っているんです。だから、あなたが、知っていたら、今、夕子さんが何処にいるか、教えて欲しいんですよ」

「知りませんよ」

と、小原は、そっけなく、いう。

「あなたは、夕子さんに、次の殺人をやらせたいのか？」

亀井が、怒りの調子で、きいた。

「彼女は、覚悟しているんです。第一、警察がしっかりして、由紀さん殺しの犯人を捕まえてくれていれば、仇討ちなんかしなくて、良かったんだ」

と、小原は、いった。

「だから、勝手に人殺しをするのも仕方がないというんですか？」

十津川が、きいた。

「他にどんな方法で、由紀さんの霊をなぐさめられるというんですか？」

小原が、逆に、きいた。

「今のところ、夕子さんは、小坂井一人しか殺していないし、動機にも、酌量《しゃくりょう》の余地があるから、重い刑にはならないでしょう。しかし、二人も殺せば、死刑になる恐れもある。それでいいんですか？」

と、十津川は、いった。

「じゃあ、三枝はどうなるんです？　野放しで、これからも、県議として、威張《いば》りくさっていていいというんですか？」

小原は、顔を赤くして、いった。

「警察だって、バカじゃない。少しずつ、真実に近づいている。あなたと夕子さんが、証言してくれれば、三枝議員を、殺人容疑で逮捕できると思っている。協力する気になってくれませんか」

と、十津川は、いった。

小原は、考え込んだ。

「どうです？」

十津川が、促《うなが》した。

「ボクは、彼女が、今、何処にいるのか、知らないんだ」

と、小原は、いった。

「全くわかりませんか？」

「残念だが、わからないんですよ」

「夕子さんが、あなたに連絡してきたら、教えてくれますか？」

と、十津川が、きいた。

「教えますよ」

「じゃあ、しばらく、ここで、待つことにしよう」

と、十津川は、いい、

「その間に、全て話してくれませんか」

と、小原を見た。

小原は、お茶を一口、口に運んでから、

「ボクと、彼女が知り合ったのは、あの母娘《おやこ》が、湘南から、この高山に引っ越して来た時です。古い旅館の外観をそのままにして、中を改造したいといわれて、ボクが、その仕事を引き受けたんです」

「あなたは、インテリアデザイナーでしたね」

「その時は、デザイナーと、依頼主という関係だったんですが、ボクは、たちまち、彼女に参ってしまったんですよ。ただ、彼女は、あの旅館の美人女将ということで、売り出して、しばらくは、ボクとの関係は、内密にしておくことになったんです」

「わかりますよ」

と、十津川は、いった。

「六ヵ月前、ボクの誕生日を、彼女が祝ってくれるというので、駅前のレストランで、二人だけのパーティをやりました。ボクは、嬉しくて、泥酔してしまいましてね。唄《うた》いながら、ふらふらと、車道に出てしまって、車にはねられてしまったんです。それで、救急車で、三田病院に運ばれ、リハビリに励むことになりました」

「そのあと、三月八日に、由紀さんが、死ぬ事件が起きたんですね」

「そうです。最初は、病死だと、ボクも信じていましたよ。何しろ、三田病院の院長が、病死と診断しましたからね」

と、小原は、いう。

「しかし、次第に、疑いを持つようになったんですね？」

「ええ。夕子さんは、丈夫な由紀が、突然、死ぬなんて、おかしいと、ボクにいうし、あの日から、三田院長と、副院長の様子が、おかしいんですよ」

「どんな風に、おかしかったんですか？」

「院長は、人格者で、とても温厚な人で、めったに、怒ったりはしなかったんです。それなのに、三月八日以降は、ちょっとしたことで、怒るようになって、看護婦たちも、患者たちも、不思議がっていたんです。副院長は、逆に、変に、びくびくするようになりましてね。これは、おかしいと、ボクも、思うようになったんです」

「他には、何かありましたか？」

と、十津川は、きいた。

「三枝が、よく、顔を見せるようになりましたね。院長室や、副院長室から、時々、出てくるのを見かけるようになったんです。病院の隅で、副院長と二人で、コソコソ、話していたりね」

「それだけでは、三枝議員や、三田省吾たちが、由紀さんを殺したという証拠にはならないでしょう？」

と、亀井が、いった。

「三月八日の午前十一時すぎ、三田院長の別荘から、三枝の車が、あわただしく出てくるのを見た人が、出てきたんです。それに、小坂井という画家もね。その直後に、由紀さんが、高山の旅館で、死体で見つかっている。それも、じつは、三枝が、たま、旅館を訪ねて、見つけたといって、仲居が三田病院に知らせているんです。疑惑が、深まっていくばかりだったんですよ」

「疑惑が、決定的になったのは、何ですか？」

と、十津川は、きいた。

「夕子さんが電話で話してくれたことです。小坂井という画家が、その少し前に、次の個展に、若い裸婦像を描くことにした。そのモデルは、原口旅館の若女将に決めていると、画家仲間に、話していたというのです。それと、小坂井、三枝、三田省吾の三人は、飲み仲間だということもわかったんです。そんな話を重ね合わせていくと、三人が、三田院長の別荘に、由紀さんを連れ込み、何か手違いがあって、殺したのではないかという推理が、出来るようになってきたんです」

「それで、夕子さんが、まず、画家の小坂井を九州に誘い出して、殺したんですね」

と、十津川が、いった。

「そうです」

と、小原は、肯いた。

十津川は、腕時計に眼をやった。

旅館の前で、夕子と別れてから、すでに、六時間が過ぎている。

しかし、いぜんとして、小原の携帯は、鳴らなかった。

十津川は、不安と、焦燥《しょうそう》に襲われていった。

第七章　愛の遺書

1

「今、何を考えておられるんですか？」

と、亀井が、きいた。

とっさには、十津川には、その声が聞こえなくて、

「え？　なに？」

と、聞き返した。

「何を悩んでおられるんですか？」

「原口夕子が、何のために私を、この高山に呼んだかが、わからなくてね」

と、十津川は、いった。

「それは、わかっているじゃありませんか。彼女は、警部に、助けを求めたんですよ。崎田という男を使って、警部を高山に呼び寄せる仕掛けをした」

亀井が、いう。

「私も、最初は、そう考えたんだがね」

「そうに決まっているじゃありませんか。夕子さんは、娘の由紀さんと、生まれ育った湘南から、この高山にやって来て、古い格式のある旅館の女将《おかみ》になった。美人女将と、美人若女将ということで、有名になり、客がやってきた。と、いっても、夕子さんは、この高山においては、他所者《よそもの》だったわけでしょう。その高山で、娘の由紀さんが、突然死んだ。病死とされたが、母親の夕子さんは、信じなかった。殺されたのではないかという疑いを持ったんです。しかし、地元の警察は動かないし、親戚で、夕子さん母娘《おやこ》を、高山へ呼んだ三枝は、犯人の疑いがある。一番信頼できるのは、主治医で、高山では、人格者といわれる三田病院の院長だが、その院長が、由紀さんの死を、病死と断定しているのだから、助けにならない。夕子さんは、どうしたらいいか、考えあぐねた末、初恋の相手として特別の想《おも》いを抱いていてくれ、夫殺しの罪をかぶった事件を、誠心誠意調べて解決してくれ、現在も、警視庁で働いている警部のことを思い出して、助けを求めたんですよ。他に考えようがないじゃありませんか」

「それなら、なぜ、私に、悩みを全て打ちあけてくれなかったんだろう？　それどころか、私を迷わせるような行動をとった。一番の謎は、刑事の私を呼んでおいて、次々に殺人を続けたことだよ。私刑《リンチ》だよ。刑事の私が、一番困ることじゃないか。それでも、私に助けを求めたといえるのかね？」

十津川の声は、困惑と軽い怒りに支配されていた。

「では、警部は、夕子さんが、どうして、高山に自分を呼んだと考えておられるんですか？」

と、亀井が、きいた。

「それが、わからなくて、困っているんだよ」

十津川が、いったとき、小原の携帯が、やっと鳴った。

二人の刑事が、緊張した眼で、小原を見つめる。

小原は、携帯の受信のボタンを押して、

「もし、もし、小原ですが」

と、いった。

が、すぐ、携帯を切って、

「駄目です。切れました」

と、十津川に、いった。

とたんに、また、彼の携帯が鳴った。

「もし、もし、小原ですが」

と、小原は応じた。が、すぐ、頭を小さく振って、

「無言電話です。いたずららしい」

病院で、何度も、携帯が鳴るのはよくないと、十津川は思った。

しかし、また、鳴った。

小原は、携帯を、十津川に渡して、

「今度は、警部さんが出て下さい。ボクだから、切ってしまうのかも知れませんから」

と、いった。

十津川が、出た。

「もし、もし――」

と、呼びかけたが、電話は、もう切れてしまっていた。

「こんな、いたずらは、よくあるんですか？」

十津川は、小原に、きいた。

「あります。どうも、この番号の前の持ち主の関係らしいんですが」

小原は、いってから、急に、

「ナースセンターへ行きたいので、その携帯を預かっていてくれませんか。彼女が、かけてくるかも知れませんから」

と、いった。

「一人で大丈夫ですか？」

「馴《な》れてますよ」

と、小原は笑い、車椅子で、病室を出て行った。

十津川は、じっと、小原に渡された携帯を見つめた。果たして、夕子は、この携帯に、連絡してくるだろうか？

小原は、夕子の恋人であり、命がけで、彼女のために、復讐を助けているのだ。そんな大事な人間に、連絡をして来ないとは、考えられなかった。

夕子は、最後の仇《かたき》、三枝を、殺そうとしている。

これは、間違いない。

それに成功しても、失敗しても、必ず、小原に連絡してくるだろう。十津川は、そう信じていた。

時間が、たっていくが、携帯は鳴らなかった。

「かかって来ませんね」

亀井が、首をかしげた。

「そうだな」

と、十津川は、肯《うなず》いてから、

「小原はどうした？」

「ナースセンターへ用があって行きましたよ」

「それはわかっているが、戻って来るのが、遅いじゃないか――」

「――」

亀井の顔色が、変わった。

「行ってみよう」

十津川が、いい、小原の携帯を持って、二人は、病室を飛び出した。

この階のナースセンターに行き、受付にいた看護婦に、

「315号室の小原さんは、来ませんでしたか？」

と、きいた。

「小原さん？」

「ナースセンターに用があると、いってたんですがね」

「小原さんを、見なかった？」

と、看護婦は、センターにいる同僚に、大声できいた。

他の看護婦が、首を横にふる。

「小原さんは、ここへは、来ていないようですよ」

と、受付の看護婦は、いった。

今度は、十津川の顔色が、変わった。

「小原は、何処《どこ》へ行ったんだ？」

「屋上じゃありませんか？」

亀井が、いう。

「そうだ。屋上だ！」

十津川が、叫んだ。

二人は、廊下を走り、屋上への階段を駈けあがった。

屋上へ出た。

が、小原は、いない。ただ、ポツンと、車椅子が、置かれていた。

二人は、その車椅子に駈け寄った。

その先は、屋上の端だった。二人は、身体を乗り出して、庭を見下ろした。

そこは、三田副院長が、転落して、死んでいた場所である。

そこに、人間が、倒れているのが見えた。

間違いなく、小原だった。


十津川と、亀井は、エレベーターで、今度は、一階におりた。

エレベーターの中で、二人は、言葉を失って、黙っていた。

ただ、刑事としての意識が、二人を動かしているといってよかった。

一階におりると、庭に出た。

コンクリートに血が流れていた。その先に、小原の身体があった。

十津川は、屈《かが》み込んで、小原が絶命していることを、確認した。

「カメさん。誰か、医者を呼んで来てくれ」

と、十津川は、いった。

亀井が、走って行ったあと、十津川は、県警の三浦警部に携帯をかけた。

「すぐ、三田病院へ来て下さい。小原という男が、屋上から飛び降りて、死亡しました」

「小原って、何者ですか?」

と、三浦が、きく。

「殺人事件の犯人です」

と、十津川は、いった。

亀井が、医者を連れて戻って来た。神崎《かんざき》という中年の外科医だった。

神崎は、医者独特の冷静さで、小原の身体を調べ、そのあと、屋上に眼をやった。

「転落死ですね」

「自殺です」

と、十津川は、いった。

「この病院の入院患者みたいですね」

「315号室に入院している小原という患者です」

「やっぱりね。だが、なぜ、自殺したのか? 刑事さんは、なぜ、ここにいるんですか?」

と、神崎は、きいた。

「たまたま、この現場に居合わせたということです」

と、十津川は、いった。

七、八分して、三浦警部が、部下たちと、鑑識を連れて到着した。
検死官が、まず、死体を診《み》る。

「事情を説明してくれませんか」

と、三浦が、十津川に、いった。

「ここに死んでいる小原は、三田副院長を、屋上から突き落として殺した犯人です」

十津川が、いった。

「何のために、この男が、三田副院長を殺したんですか？」

「愛のためです」

「ふざけないで下さい」

三浦が、険《けわ》しい眼で、十津川を睨《にら》んだ。

「ふざけてなんかいませんよ。小原は、原口夕子と、愛し合っていた。彼女が、娘の由紀の仇を討つことを決めた時、恋人の小原は、それに賛成して、三田病院の中の仇討ちを、引き受けることにしたんだと思います」

と、十津川は、いった。

「つまり、三田副院長殺しですか？」

「そうです。車椅子の入院患者を誰も、殺人犯だとは思わない。屋上に出て、パイプをくゆらす癖《くせ》のあった三田副院長は、近づいて来た車椅子の入院患者を、全く警戒していなかったと思いますね。小原は、油断を見すまして、三田副院長を、屋上から、突き落としたんですよ」

「小原は、三田副院長に、何か、個人的な恨《うら》みがあったんですか？」

「なかったと思いますね」

「それなのに、三田副院長を殺したんですか？」

「だから、愛のためと、いったんですよ」

と、十津川は、いった。

小原と夕子の間に、どれほど強い愛があったのか、十津川には、わからない。

それに、愛のために、殺人に走るというのは、十津川には、どうしても、歪《ゆが》んだ愛に思えるのだ。愛があるから、殺人に走っていいと、いうことは出来ない。

夕暮れが近づいていた。

庭の、その一角が、騒がしくなった。

入院患者が、窓を開けて、見下ろしている。

誰が知らせたのか、テレビ局が、早くも、押しかけて来た。

県警の三浦たちと、そんなマスコミの眼を避けるようにして、小原の死体を、司法解剖のために、病院の手術室へ運んでいった。

その跡《あと》には、どす黒い血痕が残って、それを、改めて、鑑識が写真に撮《と》っている。

十津川と亀井は、三階の315号室に戻った。

県警の刑事たちが、入って来て、病室内を調べ始めた。

二人は、遠慮して、廊下に出た。

「とうとう、夕子さんから、連絡の電話はありませんでしたね」

亀井が、いう。

十津川は、小原の携帯に眼をやった。ずっと、手に持っていたのだ。

「いや、小原に連絡があったんだよ。だから、彼は、自殺したんだ」

と、十津川は、いった。

「じゃあ、あの無言電話が？」

「多分、二人の間で、決めてあったんだろう。無言で、短く三度鳴らしたら、全てが終わったという合図だと。さっき、小原の、この携帯が、続けて、三回鳴った。だから、小原は、全てが終わったと思い、われわれに、ナースセンターに行くと嘘《うそ》をついて、屋上へあがっていったんだ」

十津川は、重い口調で、いった。

「じゃあ、何処かで、原口夕子さんが、三枝を殺したということになりますか？」

亀井の表情も、暗くなっている。

「十中、八、九、その結果が、予想されるね。夕子が、死なずに、全てを告白してくればいいと思うが、その期待は、無理だろうな」

と、十津川は、いった。

「彼女も、死んでいると、思われますか？」

「合図と共に、小原と、彼女は、自らの命を絶つことに決めていたんじゃないかと、私は、思っている」

と、十津川が、いった。

三浦警部が、小原と原口夕子が並んで写っている写真を持って、十津川の傍《そば》にやって来た。

「十津川さんは、小原良治という男について、どれだけのことを知っているんですか？」

とがめるような口調で、きく。

「小原と原口夕子との仲を、前から知っていたわけじゃありません。原口夕子については、今回の連続殺人に関係しているのではないかという疑問を持っていましたが、どう考えても、三田病院の中に共犯者がいなければ、おかしいと思ったんです。病院の人間か、入院患者のどちらだろうかと考えていって、入院患者の小原に眼をつけたのです」

「その時に県警に知らせて欲しかったですね。今回の事件は、あくまでも、県警の所轄ですから」

と、三浦は、文句を、いった。

「申しわけありませんが、私たちにしても、小原に狙《ねら》いをつけて、今日、彼に会って、原口夕子との関係を聞いているうちに、突然、屋上に行き、飛びおりてしまったんです」

十津川は、説明した。

「なぜ、突然、自殺したんですか？」

と、三浦が、きく。

「多分、全てが、終わったと感じたからだと思います」

「全てが、終わったというのは、どういうことですか？」

「何処かで、原口夕子が、三枝議員を殺したのではないかということです」

「それは、間違いありませんか？」

三浦の表情が、更に険しくなった。

「あくまでも、憶測です」

と、十津川は、いった。

「われわれは、現在、原口夕子を、探しているんですが、何処に行ったか見つかりません。十津川さんは、彼女と深い関係があった方だから、ご存知なんじゃありませんか？」

と、三浦が、きく。

十津川を、疑っている顔だった。

「私も、探しているんですが、わかりません。恐らく、最後の一人である三枝議員と一緒にいると思っています。その三枝を、原口夕子が、殺している可能性が強いとみています」

と、十津川は、いった。

だが、何処にいるのだろうか？

それが、わからないままに、一日が、過ぎてしまった。

県警は、原口夕子と、三枝議員二人の行方を、必死に捜索しているのだが、見つからなかった。

小原良治の司法解剖の結果が、三浦警部から知らされたが、これは、十津川にとって、これといった発見はなかった。

彼の死を再確認しただけのことである。

2

一つだけ収穫があったのは、彼の姉が、名古屋から翌朝、遺体を引き取りにやって来て、十津川が、会うことが出来たことだった。

県警の事情聴取を受けたあとでのことだった。

四歳年上で、名前は、秋子《あきこ》。名古屋で、サラリーマンと結婚し、子供もいる。

原口夕子のことは、弟から聞いていたと、いった。

「和服の似合う、きれいな女性《ひと》だと、いっていました」

と、秋子は、いった。

「弟さんは、結婚するつもりだったんでしょうか？」

十津川が、きくと、

「最初は、とても明るく、結婚したい人が、やっと、見つかったといっていたんですよ」

「それが、最近、変わったんですね？」

「ええ。彼女に不幸があったみたいな電話がありました。弟は、事故で入院していましたでしょ。彼女も、事故にでもあったのかなと、思ったんです。それなら、二人一緒に、リハビリをして、再起すればいいと思っていました」

「それが、違っていた？」

「ええ。彼女のことは、それまで、今、いったように、和服の似合うきれいな女性《ひと》としか教えてくれなかったんですけど、彼女は、娘さんを亡くして、死にたいといっていると、いうんです。それで、そういう人なのかと思いました。二十二歳の娘さんのいる母親だとです」

「それで、どうされたんですか？」

「もっと、若い人がいいんじゃないかと、いってしまいました。そうしたら、弟は、ひどく怒りました。何とか、彼女の悲しみを癒《い》やしてやりたいんだというんです。そのうちに、急に、おれが死んでも、悲しまないでくれといったりし始めたんですよ」

と、秋子は、いった。

「それを、どう受け取ったんですか？」

「弟が、彼女に同情して、心中でもしてしまうんじゃないかと、思いました。昔から、弟には、そんなところがあって、中学二年の時、教師に叱《しか》られて、自殺したいという親友に向かって、一緒に死んでやるよと、約束して、危うく、死にかけたことがあるんです」

「弟さんは、心中するといったんですか？」

「いえ。私が、彼女に同情して、心中なんかしないでねというと、弟は、こういってました。おれは、もうそんなに弱くはないって。そのあと、気になることを口にしたんです。おれは、好きな女となら、地獄にも落ちられるよとです。驚いて、わけを聞いたんですけど、弟は、笑っていました」

と、秋子は、いった。

「彼女の名前は、教えてくれなかったんですか？」

「はい。今日、県警の刑事さんに聞いて、初めて、名前を知りました」

「弟さんの自殺については、どう思っていますか」

と、十津川は、秋子に、きいた。

「弟の遺体を見ていたら、今、申し上げた言葉を思い出しました」

「好きな女となら、地獄にも落ちられるという言葉ですね」

「ええ。弟が、死んで、原口夕子という人は、今、どうしているんだろうかと考えました。弟と、一緒に地獄に落ちようと思っているのか、弟だけ、地獄に落として、自分は、平気でいる女性なのか」

「彼女は、弟さんと一緒に、地獄に落ちる気でいると思いますよ」

と、十津川は、いった。

「弟は、本当に、人を殺したんでしょうか？」

秋子は、ちょっと、青ざめた顔で、十津川を見た。

「県警の三浦警部は、どういっていました？」

「今、捜査中だといって、はっきりしたことは、教えてくれませんでした」

と、秋子は、いった。

（あの警部も、神経の細かいところがあるんだ）

十津川は、ちょっと嬉しくなった。

「十津川さんは、本当のことを、ご存知なんでしょう？」

「ええ。まあ、知っています」

「じゃあ、教えて下さい。弟は、人を殺したんですか？」

秋子は、真っすぐに、十津川を見つめる。

十津川は、迷ってから、

「人を殺しています」

と、いった。

「やっぱり。彼女のためにですか？」

「そうです」

「そこまで、彼女が好きだったということなんでしょうか？」

秋子が、きく。

「それだけ、弟さんは、純粋な心の持ち主だということだと思いますよ」

と、十津川は、いってから、

「弟さんは、彼女と、二人だけで何処かへ旅行して、楽しかったという話はしていませんでしたか？」

と、きいた。

「旅行の話ですか――」

と、秋子は、おうむ返しにいってから、

「彼女が、海が見たいというので、海へ行って来たと、電話で、いったことがありました」

「何処の海へ行ったかは、いっていませんでしたか？」

「それは、いっていませんでしたけど――」

と、秋子は、いった。

（湘南の海だ）

と、十津川は思った。

夕子が、生まれ育った海だ。小原と、その海を見に行ったに違いない。

（夕子は、今も、そこにいるのだろうか？）

人間も、動物も、死ぬ時は、生まれた所に戻るものだという。

3

「カメさん。海を見に行こう」

と、十津川は、いった。

「何処の海です？」

亀井が、きいた。

「湘南の海だ」

「警部が、彼女と出会った所ですね」

高山駅から、名古屋へ出て、新幹線に乗る。

「間に合うかな」

十津川が、呟《つぶや》いた。

「原口夕子さんのことですか」

亀井が、いう。

「彼女が、生まれ育った海へ行ったことは、間違いないと、思っている。三枝も、湘南の海を見たいといえば、自分が、彼女を湘南から、高山へ連れて行った手前、断われないだろう」

と、十津川は、いった。

「彼女は、三枝を、湘南へ連れて行って、殺したということですか？」

亀井が、きいた。

「彼女は、小原に、電話で合図を送っていたから、最後の殺人に成功したんだと思うよ。ただ、そのあと、どうしているのかが、わからない」

と、十津川は、いった。

「出来れば、生きていて欲しいですね」

「私も、そう思っているが、私の知っている原口夕子は、全てについて、妥協を嫌う性格だった」

「だから、娘の由紀さんを、死なせた三人は、絶対に許せなかったということでしょうか」

「同時に、自分も許せない性格なんだ。恋人の小原を死なせて、自分だけ生き続けることは、絶対にしない筈《はず》だ」

と、十津川は、いった。

新横浜で降りた。そこからは、タクシーに乗って、鎌倉の七里ヶ浜に向かった。

十津川が、足を向けたのは、二十数年前、大学生だった彼が、夕子に出会った海岸だった。

海岸の風景は、すっかり変わってしまっていた。いや、眼の前に広がる海だって、変わってしまっている。

洒落《しゃれ》たリゾートマンションの前に立って、十津川が、いう。

「この辺《あた》りに、彼女の家があった。モルタル塗りの二階屋でね、歩いて、海へ行けた。私たち学生は、パラソルと、ゴザを担《かつ》いで、彼女を囲んで、海まで歩いて行ったものだ。彼女は、女王様みたいだったよ」

「今日は、静かですね」

「まだ、海水浴シーズンじゃないからな」

と、十津川が、いった。

二人は、近くに見えた海辺のレストランに入った。

窓際に腰を下ろして、軽い食事をとることにした。

海から、心地《ここち》よい風が、吹いてくる。

食事のあと、十津川は、原口夕子と、三枝の写真を、従業員たちに見せて、

「最近、この二人が、店へ来ませんでしたか？」

と、きいた。

一人が、原口夕子を見たような気がするといったが、他の三人は、わからないと、いった。

「他の店にも当たってみますか」

と、亀井が、いったとき、海岸が、急に騒がしくなった。

大声で、何か叫んでいる気配がする。

二人は、店の外へ出た。

百メートルほど先の海岸で、人が、集まっていた。

小型の漁船が、二隻《せき》見える。人々は、集まって、その二隻に向かって、何か叫んでいるのだ。

漁船の上で、陽灼《ひや》けした漁師が、突っ立って、

「仏《ほとけ》さんは、男だ！」

と、叫んでいる。

その声で、十津川は、弾《はじ》かれたように、駈け出した。亀井も、それに続く。

人垣の中に、制服姿の巡査もいた。

十津川は、その巡査に、警察手帳を示して、

「何があったんだ？」

と、きいた。

中年の巡査は、突然現われた警視庁の警部に、びっくりした顔で、

「あの漁師が、網に、仏さんを引っかけたというんです」

と、いった。

サイレンを鳴らして、パトカーが、二台到着し、警官が、バラバラと、おりてきた。

彼等は、用意して来た毛布を持ち、ジャブジャブと、海の中へ入って行った。

漁船に辿《たど》りつくと、死体を毛布にくるんで、海岸まで、担いできた。

砂浜で、毛布が広げられ、海水で、ぐっしょり濡れた死体が、現われた。

背広姿の中年の男だ。靴は脱げてしまっている。

顔は、ふくらんでしまっていた。

が、よく見れば、間違いなく、三枝の顔だった。

「三枝ですね」

と、亀井も、いった。

検死官が、死体を調べる。

「ただの溺死体《できしたい》じゃないね」

と、検死官が、いった。

また、パトカーが到着して、今度は、神奈川県警の刑事たちがおりて来た。

その中の一人が、検死官に話を聞いている。

「海水に長く浸《つ》かっていたが、毒物死の疑いがあるね」

と、検死官が、いう。

十津川は、検死官と話している刑事に、声をかけた。

相手は、県警捜査一課の野川《のがわ》という警部だった。

「その仏さんに、心当たりがあるんです」

と、十津川は、いった。

「話を聞かせて下さい」

と、野川が、いった。

十津川は、亀井と、鎌倉警察署に行き、野川警部に、高山で起きている連続殺人事件について、説明した。

もちろん、初恋の話はしなかった。

野川は、十津川の渡した原口夕子の写真を見ながら、

「この女性が、あの三枝という男を殺したと、おっしゃるんですね」

「そうです。三枝を殺したあと、恐らく自殺すると思われるのです。何とか、生きて逮捕したいと思っているわけです」

「わかりました。捜してみましょう」

と、野川は、いった。

二十人を越す刑事が動員されて、鎌倉周辺の捜査が行なわれた。

原口夕子本人は、見つからなかったが、彼女と思われる女が、モーターボートを借りたということがわかった。

十津川と、亀井は、そのことを知らせてくれたレジャーショップに出かけた。

「船外機の二つ付いたボートですよ。一応、四人乗りです。釣りに行きたいというので、貸し出しました。昨日です」

係の男は、そのボートの写真を見せてくれた。

純白のボートで、大島《おおしま》あたりまでは、行けるという。

「借りに来たのは、女性ですよ。ええ、原口夕子の船舶免許を持っていましたね」

「彼女は、湘南の生まれで、二十代の頃に、船舶免許を取っている筈です。彼女は、一人で、来たんですか？」

と、十津川は、きいた。

「いや、中年の男性が、一緒でしたよ。きちんと、背広を着てましたね。だから、釣りにしては、ちょっとおかしいなとは、思ったんですがね。まあ、何かの遊びに使うんだろうとは思いました」

「今、そのボートは何処にありますか？」

「それが、わからなくて、困っているんです」

と、相手は、いった。

「貸したボートが行方不明なんです。船には、電話が付いているんですが、いくらかけても、通じない」

「貸した原口夕子という女性は、どうなっているんです？」

「彼女も、行方不明なんです。最悪、船ごと沈没してしまったんじゃないかと思っているんですが」

と、いう。

「届けは、出したんですか？」

十津川が、きいた。

「もちろん、出していますよ。だが、海の上で、ボート一隻見つけるのは、大変なんです」

と、相手は、いった。

船ごと沈没といったが、十津川にいわせれば、原口夕子ごと沈没という方が、ぴったりくる言葉だった。

夕子は、前日、モーターボートを借りた。

それに、三枝を乗せて出港した。ここまでは、間違いないと思える。

「三枝にしてみれば、船の上で、美人女将の夕子と二人だけになれるということで、助平心《すけべえ》で、ついていったと思うね」

と、十津川は、いった。

「その三枝が、死体で、漁師の網にかかったわけですね。検死官は、毒死だろうといっていましたが」

「多分、ボートの中で、夕子が、三枝に毒を飲ませたんだと思う。毒死させて、海に放り込んだのか」

「問題は、そのあとですね」

と、亀井は、いった。

夕子が、モーターボートを借りたレジャーショップには、三隻の貸しボートがあり、夕子が、借りたのは「マーメイドⅢ号」である。

夕子は、そのボートの上で、三枝を毒殺した上、海に投げ込んだ。

これで、夕子は、最後の復讐を、やりとげたことになる。

そのあと、どうしたのだろうか？

今、彼女は、ボートごと姿を消してしまっているという。

「伊豆《いず》大島まで行けるボートだと、いっていましたね」

と、亀井は、いい、日本地図を広げた。

十津川も、その地図を見ながら、

「伊豆大島まで行けるということは、鎌倉から、伊豆大島へ往復できるということだろう。片道だったら、もっと先まで行けるということだよ」

「確かに、そうですね」

「しかしねえ」

と、十津川は、考え込む。

「彼女の性格から考えて、二人も殺しておいて、ボートで、逃亡を図《はか》るとは、考えにくいんだよ」

「とすると、自ら、船底に穴をあけて、船もろとも海に沈んでしまったんでしょうか」

亀井が、いう。

十津川は、三上本部長から、海上保安庁に、協力要請をして貰《もら》うことにした。

海上保安庁のＹＳ11二機が、海上を捜索してくれることになった。

二日目にやっと、一機が、伊豆大島の南東に、それらしいボートを発見した。

その知らせを受けて、海上保安庁の巡視船「みうら」が、横須賀《よこすか》を出港することになった。

十津川と、亀井は、それに、乗せて貰うことが、出来た。

「みうら」は、時速一六ノットで、現場に向かう。

十津川と亀井は、デッキの上で、海面を見つめていた。

4

レーダーが、まず、前方に動かない船影を発見した。
それが、次第に近づいてくる。
白い点に見えたのが、白いモーターボートになっていく。
船尾の文字は、「マーメイドⅢ」である。
「みうら」の乗組員が、マイクを使って、「マーメイドⅢ号、誰かいるか！」
と、呼んだが、応答はない。
「みうら」は、スピードを落として、近づき、やがて、船体を接触させた。
二人、三人と、海上保安庁の人間が、モーターボートに飛び移っていく。
十津川と、亀井も、少しおくれて、マーメイドⅢ号に、飛び移った。
先に乗り込んだ保安官たちが、ボートのキャビンに入っていき、
「誰もいないぞ！」
と、大声で、叫んだ。

そのあと、今度は、
「十津川さん！　十津川警部さん！」
と、叫ぶ。
十津川が、キャビンをのぞき込むと、海上保安庁の保安官が、
「これがありましたよ」
と、分厚い封筒を差し出した。
その表には、「警視庁捜査一課　十津川様」と書かれていた。
裏には、「原口夕子」と、あった。
マーメイドⅢ号は、曳航《えいこう》されて横須賀に戻ることになった。
十津川と、亀井は、マーメイドⅢ号の方に乗っていくことを、許可して貰った。
こちらのキャビンの中で、ゆっくり、原口夕子の手紙を読みたかったのだ。
亀井も、遠慮して、甲板《かんぱん》に出てくれている。
十津川は、キャビンの椅子に腰を下ろし、手紙に眼を通していった。

〈十津川様
まず、お許し下さいと、書かなければなりません。

娘の由紀が突然亡くなった時、私は正直にいって、自殺を考えました。夫が死んでから、彼女の存在が、私の生甲斐《いきがい》の大きな部分を占《し》めてしまっていたからです。高山で、小原良治という男性と親しくなり、女としての幸福も感じるようになってはいましたけど、由紀を突然失ったショックは、あまりにも大きかったのです。私が、自殺せずにすんだのは、小原のなぐさめのせいでも、周囲の励《はげ》ましのせいでもありませんでした。

それは、由紀の病死ということが、信じられず、この疑惑を解きたいという思いでした。

最初に、疑いを持ったのは、三田院長の死亡診断書でした。

日頃、丈夫で、心臓疾患もない由紀が、心臓発作で死ぬなんて、信じられませんでした。でも、三田院長は、心不全の死亡診断書を書いている。私は、悩みました。

三田院長は、人格者で知られていて、すでに七十歳を過ぎています。

その老人が、由紀をレイプしようとして、抵抗され、殺してしまったなどということは、考えられなかったからです。

それなのに、なぜ、心不全などという到底、信じられない死亡診断書を、作ったのだろうか？

私は、三田院長の息子のことを考えました。独身の副院長が、由紀を口説《くど》いていることは、知っていましたが、娘の方は、相手にしていませんでした。

あの副院長が、私の留守に、由紀に手を出して、それを、難詰され、かっとして殺してしまったのではないか。

あわてた副院長が、父親に助けを求める。一人息子のためなら、三田院長も、嘘の死亡診断書を作るだろうと、思ったのです。しかし、気の弱い副院長が、ひとりで、由紀に、手を出すとは考えられませんでした。きっと、何人か、仲間がいるに違いない。そう思って、調べているうちに、二人の男の名前が、浮かんで来ました。

一人は、日本画家の小坂井でした。岐阜では、かなり有名な画家でしたが、私は、彼の絵は、ぬり絵みたいで、あまり好きではありませんでした。それでも、旅館の宣伝になればと思い、私と、由紀の絵を描いて貰ったことがありました。

その小坂井は、数ヵ月前から、しきりに、私と由紀のヌードを描きたいといっていたのです。その言葉には、どこか下品なひびきがあって、芸術的な欲求には、思えなかったのです。

もう一人は、叔父の三枝でした。県議会の議員で、三田院長と同じように、高山では、名士です。それに、私たち母娘《おやこ》を、夫の事件のせいで、鎌倉には仹みづらいだろうと、高山へ誘い、旅館の経営をすすめてくれた人です。それでも、私には、信頼し切れませんでした。私や、由紀を見る眼が、嫌らしかったからです。特に、由紀を見る眼に、ふっと、怖い時がありました。眼で犯すという感じなのです。

三田副院長、県会議員の三枝、それに日本画家の小坂井の三人は、高山のような小さな町では、一応、名の通った名士です。それに独《ひと》り身で、それをいいことに、夜のクラブなどでは、一緒に、よく遊んでいるという噂《うわさ》を聞きました。下呂《げろ》温泉では、芸者を呼んで、三人で、どんちゃん騒ぎをしたあげく、酔いにまかせて、狙いをつけた芸者を、むりやり裸にして、ひんしゅくを買ったという噂も聞きました。私は、この三人が、私のいない時に、由紀を呼んで、どうかしようとしたのではないか。抵抗され、かっとして、殺してしまったのではないかと、考えたのです。

証拠は、何もありませんでした。

私は、三人の中で、一番遊び好きで、口の軽そうな小坂井に狙いをつけました。

小坂井は、よく、おれは自由を愛するボヘミアンだといっていましたが、いいかえれば、無責任な男だということだと思うのです。

もちろん、女にもだらしがない。私は、よく、二人だけで、旅行に行こうと、誘われていましたから、彼と九州旅行に出かけました。

一緒に旅行してわかったのは、小坂井は、仲間の三田副院長や三枝のことを、バカにしていることでした。

それだけに、酔っ払うと、ペラペラと、喋《しゃべ》ってくれました。それで、由紀が、死んだ時の真相が、わかったのです。

もちろん、小坂井が話してくれたことですから、話の中で、彼自身は、いつも、正しくて、悪くはないことになってましたけれど。

私が、仕事で、高山を離れていた時、三田副院長と三枝は、由紀を誘い出したというのです。場所は、三田院長の別荘。小坂井は、あとから、電話で誘われて、行ってみると、由紀は、裸で眠っていたというのです。

三枝は、小坂井の顔を見ると、「君が、由紀のヌードを描きたいといっていたから、こうして、裸にしておいてやったぞ」と、いったというのです。

酔いつぶされたのか、睡眠薬を飲まされたかどちらかだった。小坂井は、絵というものは、こんな状態で描けるものじゃないと断わったというのです。その時、由紀が、気がついて、騒ぎ始めた。あわてて、三田副院長と三枝が、由紀の口をおさえ、黙らせようとした。小坂井は、「止《や》めろ」といったのだが、そのうちに、由紀が、ぐったりして、動かなくなってしまったというのです。

私は、小坂井が、自分一人を正当だという話は、信用できませんでしたが、由紀が殺された話は、事実だと思いました。

私は、三人を許せないと思いました。そこで、湯布院で、まず、小坂井を、殺したのです〉

5

〈高山へ帰って、私は、三田病院に入院している小原に会いました。

小原を愛していたからこそ、彼を巻き添えにはしたくなかったのです。

由紀が、病死ではなく、三人に殺されたことを話しました。警察は、病死と断定しているから、調べ直してくれる筈もないし、彼らを逮捕してくれることも、期待できなかった。だから、私は、娘のために、自分で仇を討っていくつもりだと話しました。

そして、私のことは忘れて下さいと、小原に、いいました。

小原は、その時、ニッコリして、こういってくれたのです。君と一緒に、地獄に落ちてやる、とです。

嬉しかった。正直にいって、ひとりで、三人もの男を、相手にするのは、苦しかったのです。特に、病院の中のことは、私には、なかなか、手が出せそうもありませんでした。

小原は、病院の中のことは、委《まか》せろといってくれました。見舞いに行く度《たび》に、彼と、打ち合わせをしました。

私は、外から、三田院長に、電話をかけ続けて、彼の良心に訴えました。由紀が、病死でなく、あなたの息子たちに殺されたことはわかっている。それなのに、どうして平気でいられるのかと、毎日、電話で責めたのです。

その結果、三田院長は、耐え切れなくなったのか自殺しました。

ただ、遺書の中に、自分の死亡診断書は、正しかったと書いたのは、あくまでも、息子を守ろうとしたのだと思います。

多分、自分は、死ぬから、息子は、許してやってくれと、暗に、私にメッセージを送っていたのかも、知れません。

でも、私は、息子の副院長は許せなかったし、小原も、ここで、気弱になっては、駄目だと、私を励ましてくれました。

そして、彼は、病院の屋上から、副院長を突き落として、殺してくれたのです。

この時、私は、アリバイがあるのに、わざと、アリバイが無いふりをしました。

最後の一人、三枝の動きを見たかったからです。三枝は、何といっても、私の叔父です。何処かで、信じたい気がありました。

しかし、私が、三田病院から、事件の夜、逃げ出すのを見たという証人が出てきて、叔父の気持ちが、わかりました。

嘘の目撃証言をした菓子店の主人は、叔父の三枝の知り合いで、叔父にいろいろと世話になっている人間でした。明らかに、叔父に頼まれて、嘘の証言をしたのです。

これで、叔父に対するためらいは、全く消えました。私は、三枝に向かって、こういいました。由紀を失って、高山にも、日本にも、いるのが、嫌になった。アメリカへでも行ってみたい。その前に、生まれ育った湘南の海を見たいので、一緒に行って欲しいと頼みました。後暗《うしろ》い三枝は、警戒はしたでしょうが、何といっても親戚です。断わり切れなくて、同意しました。

或《あ》いは、何とか、私を丸め込んで、外国へ送り出してしまえばいいと、思ったのかも知れません。

鎌倉では、私は、ひたすら、子供にかえったように、ふるまって見せました。

三枝を安心させておいてから、モーターボートを借りました。

三枝には、海側から、湘南を見たいと、いったのです。

少し、媚態《びたい》も見せました。

三枝は、図にのって、船内で、一夜を過ごしたいといい、酒類や、肴《さかな》を買い込んで、来ました。

海は、おだやかでした。鎌倉と、伊豆大島の間あたりの海に、船をとめて、夕方になりました。多分、三枝は、私を口説くだろうと、予想しました。三枝は、女に迫るとき、女の指をなめる癖があると聞いていたので、私は、左手の指に、用意した青酸液を塗っておいたのです。

酔ってくると、三枝は、私を抱きしめ、左手の指を口に含んでなめ始めたのです。
二、三分すると、突然、三枝は、苦しみ始めました。私は、見つめていることが出来ず、甲板に出ました。

なぜか、月が、やたらにきれいに見えました。キャビンの中では、三枝が、何かとぶつかっている音が聞こえていましたが、急に、静かになりました。

キャビンに戻ると、三枝は、もう動かなくなっていました。

私は、海水をくみあげて、必死で、左手を洗いました。それは、指に塗った青酸を洗い落としたい気持ちよりも、三枝になめられたことへの嫌悪感を、洗い流したかったのです。

そのあと、三枝の死体を、キャビンから引きずり出して、海に投げ込みました。

三枝が買い込んできた酒や、肴も、海に投げ捨てました。

これで、全て終わったのだという思いで、私は、放心して、しばらくの間、ソファに横になっていました。

最後に、十津川さんへのお詫《わ》びを、改めて、書かなければなりません。

突然、由紀が亡くなり、病死の筈がないと思いながら、どうしていいかわからず、私は、悩みました。誰かに、助けて欲しいと思いました。

小原は、誠実な人ですが、入院してしまっているし、警察を動かすような力はありません。

そんな時、十津川さんを、思い出したのです。

十津川さんに、助けて貰おうと思いました。ただ、夫の事件のこともあって、素直に頼むことができず、崎田さんを使って、高山に来て貰うように仕組んだのです。

あなたなら、由紀の死の真相を、明らかにして下さるだろうと思ったのです。

でも、崎田さんが殺されたことを知り、私の気が変わりました。ごめんなさい。

崎田さんを殺したのは、三枝に違いありません。三枝は、由紀と崎田さんが、付き合っていたことを、知っていました。

身内の恥になることなので、崎田さんには、全てを話したわけではありません。

崎田さんは、きっと、三枝に、何か相談したか、示唆したのだと思います。

それに、十津川さんは、警察の方だし、真面目《まじめ》な刑事さんです。もし、由紀が病死でなく、殺されたのだとわかっても、あなたは、私が、娘の仇を討つことは、絶対に許さないだろうと、思ったのです。

私は、犯人たちが、刑務所へ送られたくらいでは、我慢が、出来ないのです。

でも、私は、十津川さんには、帰って欲しくなかった。

それは、十津川さんに、全てを知っていて欲しかったからです。誰か、一人に、何があったか、正確に知っていて欲しかったのです。

だから、わざと、はぐらかすようなことを、十津川さんに、いったりもしました。

私に甘くして欲しくもなかったのです。

全てが終わり、私も、小原も死んでしまってから、事件が、ねじ曲げられて、伝えられていくのが、私には、やり切れなかったのです。

私の勝手です。わがままです。

私は、二人も殺しました。殺人犯人です。

そんな女が、何を要求するのかといわれるかも知れませんが、私は、事件は正確に、伝わって欲しいのです。

十津川さんなら、冷静に、事件を伝え、話して頂けると、思っています。

そんな、私の勝手な思いを、あなたに押しつけて、本当に申しわけありません。

初恋の相手として、少しでも私に対して、温かい思いがあるのなら、私の願いを、かなえて下さい。

もう、これ以上、書くことは、何もありません。

この手紙を封筒に入れ、表に、十津川さんの名前を書き了《お》えるだけです。

今でも、ふっと、二十年前の湘南の海のことを、思い出します。

十津川さん。

あの頃のあなたは、若くて、素敵でした。
そんな思い出を、今度の事件で、こわしてしまったのなら、許して下さい。
夕子〉

この作品は２００２年９月祥伝社より刊行されました。
なお、本作品はフィクションであり実在の個人・団体などとは一切関係がありません。

徳間文庫

十《と》津《つ》川《がわ》警《けい》部《ぶ》「初《はつ》恋《こい》」

2017年10月15日 初刷

著者 西《にし》村《むら》京《きょう》太《た》郎《ろう》

発行者 平野健一

発行所 東京都港区芝大門二―二―二 〒105―8055
株式会社徳間書店

電話 編集〇三(五四〇三)四三四九
販売〇四八(四五一)五九六〇

振替 〇〇一四〇―〇―四四三九二

印刷 凸版印刷株式会社

製本 株式会社宮本製本所

ISBN978-4-19-894269-4 (乱丁、落丁本はお取りかえいたします)

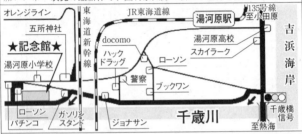

徳間文庫の好評既刊

無人駅と殺人と戦争　西村京太郎

殺された老人の過去に何が。十津川の捜査で浮かび上がる戦争の影

そのときまでの守護神　日野　草

世界中で盗みを繰り返す美術品専門の泥棒。依頼は一生に一度だけ

雪　桜　牧之瀬准教授の江戸ミステリ　福田栄一

新米刑事がつかんだ未解決の資産家殺人事件の手がかりは古文書!?

偽りのウイナーズサークル　本城雅人

ダービー本命馬誘拐未遂と騎手殺し。息を呑む極上競馬ミステリー

県警出動　黒いオルフェの呪い　麻野　涼

ヒット曲になぞらえるような連続殺人。背後には、哀しい秘話が…